이 책은 한국에서 처음로 시작되어
책을 집은 당신은 반드시 3명에게
선물해야 합니다. 고맙지 않으면……

옥상달빛 드림

2022
7.

소소한 모험을 계속하자

소소한 모험을 계속하자

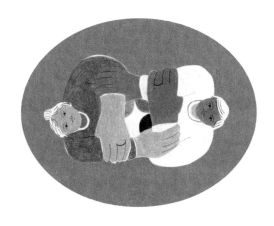

김
윤
주
×
박
세
진

문학동네

2부

우리의 하루하루가 아름다운 그림이 되길

프롤로그

'옥상달빛'이라는 이름 때문에 늘 받았던 오해가 있다.

조용하고 차분하며, 책을 좋아하고, 좋아하는 시는 필사해서 지갑에 넣어다니고, 파스텔톤 옷만 입으며, 눈물과 웃음이 많은 소녀 감성일 것 같다는 이야기. 하지만 실제로는 공연이 끝나면 시원한 맥주 한 잔, 아니 댓 병으로 피로를 푸는 호쾌함과 오그라드는 건 목에 칼이 들어와도 절대 하지 못하는 대쪽 같은 성품, 진짜 웃길 때가 아니면 웃지 않는 시니컬함, 그리고 책을 좋아하지만 많이 읽지 않는다고 얘기할 수 있는 솔직함을 겸비하고 있으니, 혹시 우리를 '달빛' 같은 소녀들로 오해하고 따뜻한 위로나 간지러운 대화를 기대하며 이 책을 집어든 분들께는 심심한 사과의 말씀을 먼저 드리고 시작해야겠다.

책 한 권을 만들어가는 이 상황이 즐겁고 기대가 되는 한편 우리가 주고받는 편지에 누가 관심이나 있을까 하는 걱정이 앞선다. 중학생 때 친구들과 펜팔을 주고받았던 것 이후로 편지로 마음을 나누어본 적이 없고 누군가 읽게 될 글을 써본 적도 없기에 여기까지 쓰는 데도 너무 긴 시간이 걸렸다. 프롤로그를 쓰는 데만도 이 정도 시간이 걸렸다면 책이 완성되려면 15년 정도는 필요하지 않을까 싶다. 우리는 지금 팔만대장경을 만드는 게 아닌데……

"야, 우리 보컬 전공 아니잖아! 작곡 전공이지!"

노래를 잘 부르지 못한 날에도 서로를 뻔뻔하게 위로할 수 있는 우리 둘이기에, 자신은 없지만 도전해보기로 했다. 라디오를 처음 시작했을 때도 그랬고 많이 긴장되는 공연을 하기 전 무대 뒤에서도 그랬다. 혼자였으면 절대 못했을 일들을 우리 둘이니까, 우리가 함께니까 할 수 있었다. 긴장될 때마다 우린 습관처럼 하이파이브를 하며 서로 기운을 복돋아주었다. 청춘 드라마의 아름다운 한 장면처럼 느껴지기도 하겠지만 실상은 손바닥을 마주

칠 때 시원하게 '짝' 소리가 나지 않으면 만족스러운 소리가 날 때까지 손바닥을 쳐대는 시트콤에 가까웠다. 손이 빗나가 텁텁한 소리가 나면 무대에서도 뭔가 어긋나버릴까봐 불안했던 것 같다. 시간이 지날수록 이런 소소한 징크스들은 많아졌지만 늘 걱정했던 것보다 더 잘해냈다. 시간이 지나 이번에도 괜한 걱정이었다며 웃으며 이야기할 수 있게 되길 바란다. 걱정했던 것보다 잘해냈던 세진이와 나처럼, 당신도 당신이 걱정하는 것보다 분명 더 잘해낼 테니 스스로를 믿으며 기분좋게 마지막 책장을 덮을 수 있길 바란다. 기대만큼 따뜻하고 부드럽지 않더라도 우리만의 온도로 당신 마음에 적당한 위로를 전할 수 있길 바라며, 가까이에서 당신을 응원하는 고마운 친구도 함께 떠오르게 하길.

윤주의 말

모든 '처음'에는 이야기가 생긴다.

처음으로 친구란 걸 만들어본 유치원 첫날, 처음으로 혼자 심부름을 갔던 날, 난생처음 실패를 맛본 날, 처음으로 누군가를 사랑한다고 느낀 날. 설렘과 두려움이 동시에 찾아오지만 그 과정과 끝에 나만의 이야기가 생긴다고 생각하면 부담이 조금 덜해진다. 책을 쓰자는 제안을 처음 받았을 때도 그랬다. 고등학생 때 교지 편집한 것 외에 글을 써서 책으로 만드는 건 처음이라 내가 할 수 있을까 싶은 막연한 두려움이 들었고, 동시에 어렴풋한 설렘도 느껴졌다. 용기를 내보자 생각한 건 함께하는 친구 덕분이다. 마음을 터놓을 수 있는 친한 친구지만 가까워서 오히려 하지 못했던 말, 그리고 늘 옆에 있어서 굳이 건네지 않았던 말들을 이 책을 쓰며 할 수 있을 것 같았다. 가끔은 말보다 글로 전하는 게 쉬운 이야기들도 있으니까.

우리의 편지가 진정성 있는 이야기로 다가가면 좋겠다는 것이 가장 큰 바람이다. 그리고 또 한 가지, 이 책을 읽으며 늘 옆에 있어준 친구를 떠올리게 되면 좋겠다. 내가 나로 온전히 설 수 있도록 도와주는 첫번째 존재는 나 자신이지만, 두번째는 나를 아끼는 사람들일 것이다. 때로는 나를 아끼는 사람들 덕분에 더 잘살아보고 싶다는 생각도 드니 말이다.

직접 만나지 못하더라도 책이나 음악으로 좋은 사람들과 연결될 수 있다고 생각한다. 지금까지는 옥상달빛의 음악으로 여러분과 만났지만, 이제는 글로도 이어질 수 있다고 생각하니 또하나의 이야깃거리가 생긴 것 같아 내심 기쁘다. 이제 친구이자 파트너, 그리고 서로에게 훌륭한 개그트레이너인 우리의 이야기를 시작해보려고 한다. 갈수록 두려움보단 설렘이 더 커지는 도전이 되기를 바라며. 이렇게 첫발을 내딛는 옥상달빛을 응원해주시기를. 그럼 이제, 시―작!

1부

평범한 일상을

모험으로 만드는 방법

윤
주

×

소소한 모험을 계속하면 좋겠어

×

세
진

첫 편지를 어떻게 시작해야 할지 한참을 고민하다가, 박세진의 첫인상을 떠올려봤어.

너는 '그루프'를 아주 성공적으로 말고 온 단발머리 버섯이었어. 숍에 다녀온 것처럼 아주 정갈한 스타일이었지. 그리고 장난기가 대단히 대단할 것 같은 느낌. 아마도 그건 핑크 패딩 때문이었으려나? '와, 핑크 패딩이라니…… 눈부시다…… 하지만 잘 소화했다.' 이게 너의 첫인상.

나는 부천에서 안성으로 통학하다보니 늘 막차 시간에 쫓기기도 했고, 다른 학교로 편입할 거라는 생각에 친구를 사귈 마음도 별로 없었어. 결국 누구보다 성실하게 학교를 다니고 "동아방송대학교 만세!"를 외치며 졸업하긴 했지만…… 그때는 하루종일 누군가와 대화할 일이 없어 출석 체크를 할 때마다 갈라진 입술에서 피를 닦아내야 할 정도였다니까. 그렇게 고독한 시간을 보내던 어느 날 '핑크버섯 박세진' 너를 알게 됐지. 너도 알다시피 나는 인간관계에서 개그 코드를 엄청 중요하게 생각하잖아. 그런데 너랑은 첫인사부터 댄스 배틀 하듯 주고받는 티키타카가 남달랐어. 좀…… 고급스럽고 쫀쫀하달까?

시간이 지날수록 첫 만남이 미화되는 건 어쩔 수 없

소소한 모험을 계속하면 좋겠어

나봐. 또 10년이 지나 "두 분의 첫 만남을 기억하세요?"라는 질문을 받으면 "그럼요. 우린 만나자마자 함께 세계 정복을 꿈꿨던걸요"라고 말할지도 모르겠어.

아무튼 새로운 사람들과도 어색하지 않게 대화할 수 있는 지금과는 다르게, 그때 너는 낯도 많이 가리고 수줍음도 많았어. 그래서 학교에서도 사람이 적은 곳을 주로 찾아다녔지. 나 또한 있는 듯 없는 듯 학교를 다녔기 때문에 조용하고 고독한 학교생활을 하고 있다는 공통점이 우리를 더 가깝게 만들었는지도 모르겠다. 그러다 내가 살던 건물의 위층으로 네가 이사오면서부터 본격적으로 둘도 없는 친구가 됐지.

강의가 끝나면 각자 주말에 가져온 엄마 반찬을 들고 와서 좋아하는 노래를 틀어놓고 밥을 먹고, 가끔은 네가 만들어준 쏘야에 맥주도 한잔했어. 옥상에 올라가서는 몇 안 되는 친구들이랑 기타 치며 놀기도 하고, 어느 날은 돗자리를 깔고 누워 하늘도 보고 그랬네. 생각해보면 너희 집에서 먹었던 음식 중 대부분은 정말 맛있는 술안주였던 것 같아. 소시지야채볶음, 달걀말이, 반건조 오징어…… 이자카야 사장이 되고 싶다더니, 그때부터 넌 이미 준비를 하고 있었던 거야! 역시 박세진의 큰 그림……!

짬이 날 때마다 학교 근처 여기저기 다니며 사진도 참 많이 찍었는데. 아, 내가 예쁘다며 데리고 갔던 숲 혹시 기억나? 비밀의 숲처럼 숨겨져 있던 곳이었는데, 그곳을 발견했을 때 제일 먼저 너를 데리고 와야겠다고 생각했어. 어릴 때 비밀공간 같은 거 만들면 제일 친한 친구 데리고 와서 자랑하고 싶잖아. 생각해보니 그 숲이 나름 우리의 첫 비밀공간이었네. 그립다, 그리워.

그렇게 여기저기 걸어다니는 걸 좋아하던 그때와 달리 차가 생긴 후로는 오 분 거리도 잘 안 걸어다녀. 오늘은 예전의 기분을 느껴보려 정말 오랜만에 차를 두고 나와봤어. 목적지를 검색해보니 걸어서 이십오 분쯤이면 갈 수 있다길래 가볍게 운동한다는 생각으로 걸었지. 그런데 이게 무슨 일이야, 같은 길을 세 번이나 헤매고 사십 분이 넘어서야 겨우 도착했어. 물 한 잔 마시고 나니 이제야 정신이 좀 든다. 자주 다니는 서울 한복판에서 이렇게 길을 헤매는 게 말이나 되는 일이니 정말.

내비게이션에 의지하다보니 길을 찾는 게 점점 더 어려워지나봐. 주변 건물을 외울 필요도 없고, 굳이 관심을 두지 않아도 괜찮으니 말이야. 어쩌면 기술이 발전해서 편해지는 만큼 바보가 되어가는지도 모르겠어. 예전에는 〈그대로도 아름다운 너에게〉의 가사처럼, 잘못 들어온 길가에 꽃밭이 있을 수도 있다고 생각했는데 이젠 잘못 들어온 길은 그저 잘못 들어온 길이라고만 느껴지니 가끔은 아쉽기도 해. 마음의 여유가 사라진 것 같아서.

　어릴 적, 여행을 좋아하는 부모님 덕에 차에는 항상 종이 지도가 있었어. 너무 많이 접었다 폈다 해서 주름이 진 부분은 잘 알아보기 힘들 정도로 너덜너덜했지.

　여행을 떠나기 전에 아빠는 지도를 한번 쭉 보며 머리에 경로를 입력하고 차가 막히지 않는 길, 사람들이 잘 모르는 길을 귀신같이 찾아낸 다음 출발했어. 한참 달리다가 지도에도 없는 곳이 나오면 갓길에 차를 세워두고 근처 동네 슈퍼나 낚시 전문점에 들어가 미끼 한 통을 사면서 정보를 얻기도 했지. 지금처럼 스마트폰으로 모든 걸 해결할 수 있는 시절이 아니었으니, 불편하고 귀찮다는 생각조차 하지 않았던 것 같아. 그때 지도 대신 내비게이션이 있었다 해도 우리 가족이 과연 잘 사용했을까 모르겠어. 지도에 나오지 않는 길로 자꾸만 들어가니, 내비게이션 언니가 목이 쉬도록 '길이 없습니다' '길이 없다니까요' '대체 어디를 가시려구요' '아, 진짜 왜 이러실까……'만 반복하지 않았을까 싶다. 그러다 결국 음소거

당했겠지.

　모험심 많은 부모님과 달리 나는 멀미가 심해서 차만 타면 뒷자리에서 창밖을 오 분도 채 보지 못하고 잠들었어. 잠만 자는데 무슨 여행이고 모험이야. 나는 내가 그냥 출발하면 잠들고 도착하면 깨는, 멀미가 심한 아이라고만 생각했지. 그런데 역시 피는 못 속인다고 느끼게 된 날이 있어.

　스물한 살 때, 평소와 다름없이 알바를 끝내고 매일 가던 길로 집에 가고 있는데 문득 다른 길로 가고 싶단 생각이 들더라. 참 별거 아닌 생각인데 '유레카! 맞아, 다른 길로도 집에 갈 수 있지!' 깨달았어. 그 순간 해방감까지 느껴졌다니까.

　과장이 심하다 말할 수도 있겠지만 그때까지 난 다른 길이 있다는 것도 잊고 다른 길로 가고 싶단 생각조차 해보지 않았던 것 같아. 귀찮다는 마음도 아니야. 그냥 어제도 이 길로 왔으니까 오늘도 내일도 이 길뿐이었던 거야. 달라질 수 있다는 생각을 전혀 못 한 거지. 짜릿했어. '중요한 깨달음은 늘 이렇게 사소한 순간에 찾아오는구나' 생각하며 급하게 휴대폰 메모장에 그날을 기록해 뒀어.

　소소한 모험을 계속하면 좋겠어

오랜 시간이 지났는데도 그때 그 느낌이 기억나는 걸 보면 꽤 중요한 순간이었던 것 같아. 그후로는 매일 가던 길이 재미없더라. 그래서 일부러 다른 길로 가보기도 하고, 새로운 길이 또 없나 찾아다니기도 했어. 부모님의 모험심이 드디어 내게도 발현되기 시작한 거지. 그래서 대학에 들어가고 나서는 시간만 나면 이곳저곳 다녔고, 너를 데리고 갔던 그 예쁜 숲도 그러다 발견한 거야.

그나저나 그럼 뭐해, 자주 다니는 길에서 세 번도 더 헤매는데 말이야. 자주 다니는 길이 어쩜 이렇게 매번 새로울 수 있는 거니? 친구들을 데리고 당당하게 앞장서서 카페로 갔는데 도착해보니 카페 대신 주차장이 있기도 하더라. 이쯤 되면 집을 잘 찾아가는 것만도 용하다 싶어.

그렇기는 하지만, 그래도 이런 소소한 모험이 계속되면 좋겠어. 생각지도 못한 곳에서 하게 되는 아름다운 경험들이 분명 우리의 마음을 부드럽게 만들어줄 거라 믿거든.

지금부터 시작될 이야기들이 우리에게 새로운 모험이 되어줄 것 같아서 기대돼. 우리끼리만 보는 편지가 아니어서 걱정도 되지만, 가보지 않았던 길을 기웃거리는 정도의 호기심과 설렘으로 시작해봐도 괜찮지 않을까?

이 길 끝에 주차장이 있다면 또다른 새로운 카페를 찾아보면 되니까, 부담을 좀 내려놓고 말이야.

"그래서 여기가 어디라고?" 윤주가

소소한 모험을 계속하면 좋겠어

세
진

×

모형은 말 그대로 모형인가봐

×

윤
주

누구에게나 역사적인 첫 만남이 있잖아. 꼭 연인 사이가 아니더라도 말이야. 애플의 공동 창립자 스티브 잡스와 스티브 워즈니악은 둘 다 전자공학과 장난을 좋아한다는 걸 아는 친구의 소개로 처음 만났다던데, 관심사가 통하는 사람 둘이 모였다는 의미에서는 과장 조금 보태서 우리의 만남도 나름 둘 못잖은 것 같아. 흐흐, 네가 '핑크버섯 박세진' 얘기를 하니까 우리 처음 만났던 때가 생각나네.

지금으로부터 15년 전인 2007년, 우리는 느지막이 대학에 들어가 그때가 스물네 살이었지 아마? 나는 헬멧을 뒤집어쓴 것 같은 단발머리에 도톰한 핑크색 솟패딩을 장착했고, 넌 보헤미안 같은 긴 머리에 아방가르드 집시 스타일의 옷을 입고 있던 기억이 나. 작곡과 신입생들 중에 나랑 나이가 같은 사람은 없을 거라 생각했는데, 동갑인 널 만나서 되게 반갑더라고. 인터뷰에서도 매번 얘기하지만 처음 만났을 때 서로 이름, 나이, 사는 곳 이렇게 세 개 물어보면서 벌써 서로 엄청 깔깔대고 좋아했던 기억이 난다(나만 그렇게 기억하는 게 아니길).

우리의 첫 만남이 유독 기억에 남는 이유는 너의 첫인상 때문인데, 그때 넌 왠지 모르게 정말 조용해 보였거든. 음악하는 사람인데 나름의 사상을 가지고 글도 쓰고,

늘 자유롭기를 갈망하지만 그 욕망을 차분한 표정 속에 숨기고 살아가는 비밀에 싸인 아티스트랄까— 뭔지 알겠지? 그런데 너와 통성명을 하는 동안, 내가 너를 완전히 잘못 봤다는 결론이 났어.

우선 나는 네가 유머와는 거리가 좀 있을 거라 생각했는데 아니었어. 넌 정말 웃겼어. 그 짧은 사이에 핑퐁이 되는 개그를 주고받으며 우리가 잘 맞는다는 걸 직감적으로 파악했잖아. 지금 생각해보면 개그 핑퐁이 된다는 게 옥상달빛의 13주년을 만드는 데 혁혁한 공을 세운 주요한 요인인 듯도 싶어. 그리고 시간이 좀 지나서는 네가 말할 때와 노래 부를 때 완전 딴판이라는 사실에 충격을 받았어. 오죽하면 처음으로 네가 우리 자취방에서 노래를 불러줬을 때 내가 이런 말도 했잖아.

"윤주야, 넌 평소에 말할 때도 곡조를 붙여라. 노래할 때 목소리가 너무 좋다!"

평소 네 말투는 정말 너스레 잘 떠는 동네 아저씨가 따로 없는데, 노래할 땐 웬 카나리아 한 마리가 지저귀는 것 같았다니까? 그 반전에 굉장히 놀랐던 기억이 나. 그 뒤로도 우리가 공연 뒤풀이나 회식을 할 때 네게서 보이는 여유로운 모습에 놀라곤 했지. 술을 좋아하지 않으면서도 곧잘 마시고, 심지어 독주도 마시잖아! 그런 모습을 보면 네가 전생에 조선의 전통주 장인이었거나, 러시아의 못 말리는 보드카 애호가가 아니었을까 싶은 생각까지 들어. 하늘도 무심하시지, 신께서 쌩쌩한 간은 너에게 주시고 나한텐 마음만 주셨구나, 허허……

그런데 10년이 넘는 시간을 함께 지내고 보니 내가 본 첫인상이 들어맞는 부분도 있다 싶어. 메시지가 있는 글과 가사를 쓰고, 약간 비밀에 싸여 있는 부분도, 자유를 갈망하는 모습도 있는 것 같고 말이야.

너의 모험 이야기를 읽고 지금 냉장고에서 막 꺼낸 차가운 맥주를 한잔하면서 나는 어떤 소소한 모험을 했었는지 찬찬히 생각해보는 중이야. 대범한 모험은 작심하고 하는 거라 금방 생각해낼 수 있는 것 같은데, 소소한 모험은 잊어버리기 쉬우니까 잘 기억해둬야겠네!

내가 생각하는 나만의 소소한 모험은 이거야. 평소 보지 않는 스타일의 영화를 보는 것. 나는 영화를 보고 나면 여운이 오래 남기도 하고, 여가 시간은 말 그대로 여가답게 보내고 싶어서 그런지 진지한 영화에는 손이 덜 가더라고. 나에게 영화 보기는 아주 가벼운 취미라, 다른 때보다 더 편안한 복장으로 소파에 늘어져 감자칩과 맥주한 캔을 옆에 두고 부담 없이 그 시간을 보내고 싶은 마음이 커. 근데 아주 가끔, 그럴 때 있잖아. 내가 즐겨 보는 장르(첩보액션, 추격액션, 블록버스터, SF······)가 아니라 손이 잘 가지 않던 영화들이 괜히 눈에 띌 때! 맨날 아메리카노만 마시다가 어떤 날은 바닐라라테가 당기는 것처럼, 평소라면 보지 않았을 영화들을 쭉 훑어보다 진지한 영화를 각 잡고 보게 되는 날이 있거든. 그날도 그런 무드였는데, 마침 눈에 띄는 제목이 하나 있더라고. 〈언컷 젬스〉. 제목만 봐선 근미래 SF 장르인 줄 알았는데 현실보다 더 현실적이고 적나라한 영화더구나. 간단히 얘기하자면 도박 빚에 쫓기는 주인공에게 벌어지는 심장 쫄깃해지는 사건으로 가득한, 긴장감 넘치는 범죄 스릴러 영화야. 영화 도입부부터 떡밥이 어마어마한데, 한번 보기 시작하면 끝날 때까지 완전 끌려다니게 돼. 거기다 애덤 샌들러의 미친 연기와 몽환적인 음악들까지, 다시 생각해봐도 꽤나 멋들어진 영화야.

널 위해 내용을 스포하지 않는 선에서 느낀 걸 간단하게 얘기하자면, 내게 이 영화는 '내가 그토록 원하던 걸 가지게 되면 어떨까? 그걸 가지고 나면 진정 행복할까?'에 대한 이야기로 다가왔어. 주인공에게는 집착을 넘어선 미친 집념 같은 게 있는데(영화를 보면 알겠지만 미쳤다는 표현이 맞아), 마침내 주인공이 그토록 원하고 갈망한 걸 얻었는데도 마음 한편이 왠지 찜찜하고 나도 모르게 한 마디 툭 내뱉게 되더라.

"하…… 인생 참……덧없다!"

어른들이 종종 인생 덧없다, 헛살았네 어쨌네 이런 저런 얘기들 하시는데, 사실 그냥 하는 소린 줄만 알았지 내가 그렇게 느낄 날이 올 거란 생각은 안 했거든. 그런데 이 영화를 보고 나니까 그 느낌을 조금은 알 것 같더라고. 역시 진지한 영화를 보고 나니 생각할 거리들이 많아진다.

난 가끔 이렇게 책이나 영화를 보고 급 진지해지는 내 모습이 좀 낯설어. 예전에 네가 슬퍼서 울다가 거울 속 눈물 흘리는 네 얼굴이 낯설어서 보자마자 뚝 그친 적이 있다고 했잖아. 딱 그만큼의 '낯섦' 아닐까 싶어. 너무 감상적이거나 심각하리만큼 진지해지는 내 모습을 보면 '너 참 낯설다' 하게 되는 그 어색함이 좀 불편하달까? 우울해지는 걸 못 참는 건지 그냥 낯설어하는 건지 잘 모르겠지만, 이런 영화는 아주 가끔 보는 게 나한텐 낫겠어. 어쩌면 난 곳곳에서 느끼는 내 삶의 무게를, 나만의 가벼운 힐링 타임엔 느끼기 싫었는지도 모르겠어. 그래도 가끔 이렇게 댕— 하고 머릿속에 종이 울리는 순간 덕에 내 생각이나 가치관을 짚어가기도 하니 나름 진지함과 가벼움의 균형을 맞출 수 있어서 좋구나.

내가 평소에 보지 않는 종류의 영화를 보는 걸 '소소한 모험'이라고 했지만, 영화 한 편 보는 데도 설렘과 위험이 동시에 느껴지는 걸 보면 소소하든 아니든 모험은 말 그대로 모험인가봐.

'소소한 모험' 하니까 또하나 생각나는 게 있어. 비록 체력과 주량은 바닥이지만 마음만은 올림픽 금메달리스트인 내가 요즘 또 빠져 있는 게 있는데, 그건 바로 칵테일 탐방! 네가 어떤 사람에게 "취미가 뭐예요?"라고 물었을 때, 그 사람이 "맛있는 칵테일 마시러 다니는 게 취미예요"라고 대답한다면 어떤 느낌이 들 것 같니? 우리 엄마는 내가 술 얘기를 하면 어디 가서 술 마시러 다닌다고 얘기하지 말라고 하지만, 그때마다 난 이렇게 방어해. "엄마, 나도 이제 서른아홉이야. 내 맘대로 술 좀 마시자 증말!" 이렇게 엄마한테 공식 입장 표명 제대로 하는데, '내 맘대로' 마실 만큼 주량이 세지가 않아서 가끔 기운이 빠져. 그래도 포기할 순 없지! 나름대로 여기저기 맛있는 칵테일을 찾아다니면서 애주가로서의 활동을 이어가고 있어.

술을 좋아하는 사람이라면 이해할 텐데, 칵테일만큼 새로운 맛과 재미가 무궁무진한 것도 드물어. 응용할 수 있는 범위가 넓다고 해야 할까? 각기 다른 술과 리큐어를 다양한 비율로 배합하고 어떻게 만드느냐에 따라서 술이 가진 고유한 맛이 발현되어 완전히 새롭고 놀라운 한 잔이 탄생하거든. 게다가 칵테일 모험은 다른 모험(예를 들면 스카이다이빙이나 북극 여행 같은)에 비해 아주 큰 결심을 요하거나, 어마어마한 비용이 드는 게 아니잖아. 이보다 더 완벽한 '소소한 모험'이 또 있을까 싶다. 하……생각만 해도 기분이 좋아지네.

　나 얼마 전에 제주도에 다녀왔잖아. 그때 같이 갔던 친구 중에 처음 가본 곳에서도 인터넷 검색 없이 용하게 맛집을 선별할 수 있는 능력자, 우리끼리 '맛집 무당'이라고 부르는 친구가 접지해준 바에 갔어. 한두 잔 마시며 바텐더와 자연스럽게 이야기하는데, 그분이 스코틀랜드의 유명한 양조장에서 일했다는 얘기를 하시더라고? 그 양조장에서 만드는 술을 내 짧은 지식으로 설명해보자면…… 소독약냄새가 나는 위스키랄까?(나중에 물어보니 그 냄새는 피트* 향이라고 하더구나.) 호불호가 많

---

* peat. 땅속에 묻힌 시간이 오래되지 않아 탄화되지 못한 석탄이다. 스코틀랜드 지역에서 석탄이 부족하여 피트를 사용해 몰트를 건조하기 시작하면서 위스키 제조에 쓰이기 시작했다. 피트를 태울 때면 스모크 향이나 요오드 향이 올라오는데 이 향은 너무나 강렬해서 위스키를 수십 년 동안 숙성시켜도 사라지지 않는다.

　모험은 말 그대로 모험인가봐

이 갈리는 위스키인데, 갑자기 바텐더가 이런 제안을 하더라.

"이 위스키로 만든 칵테일이 맛이 없다면 이번 잔은 돈을 받지 않겠습니다!"

바텐더의 엄청난 자신감에 그 칵테일맛이 궁금해진 우리는 바로 그 딜을 받았어. 새로운 도전은 언제나 즐겁지만, 칵테일이 나오길 기다리는 시간이 너무 길게 느껴질 정도로 신난 건 오랜만이었어. 기다림 끝에 드디어 그 칵테일이 나왔는데, 조금 유난스러운 표현일 수도 있지만 그 맛이 어땠냐면…… 여기서부터 액자식구성으로 묘사해볼게.

나는 만 아홉 살의 어린이야. 내가 사는 스코틀랜드의 어느 동네에는 성격이 고약한 할아버지가 있었는데, 괴팍한 성격과는 전혀 어울리지 않는 취미를 갖고 계셨지. 바로 정원 가꾸기를 좋아하셨던 거야. 나는 할아버지네 집 앞을 지나가다가 대문이 열려 있으면 그 틈으로 안을 들여다봤는데, 가끔 할아버지가 정원을 가꾸는 게 보였어. 꽃과 나무를 돌보는 할아버지는 평소 모습이 떠오르지 않을 정도로 평온하고 인자해 보였지.

그래서인지 그 할아버지네 집 정원을 제대로 구경하고 싶단 생각이 든 거야. 나랑 같은 생각을 하고 있던 친구와 며칠 동안 기회를 보다 어느 날, 정말 아무것도 아닌 날 할아버지네 집 담을 넘어서 몰래 그 정원에 들어갔어. 정말 놀라운 건, 그 정원이 내가 문틈으로 봤던 것보다 훨씬 아름다웠다는 거야. 싱그러운 풀과 탐스러운 열매를 맺은 과일나무, 꽃으로 둘러싸인 연못, 정성스럽게 다듬은 잔디까지…… 할아버지의 원래 성품이 이런가 싶을 정도로 예쁘더라고. 그래서 나는 이렇게 생각하게 된 거지. '내가 그동안 이렇게 고상하고 아름다운 면을 가진 할아버지를 오해하고 있었구나. 그래, 아름다움은 누구에게나 있는 거야! 늘 험악한 표정을 짓고 있는 그 할아버지에게도……'

칵테일을 마시자마자 이 장면들이 주르륵 지나갔어. 소독약냄새 나는 위스키가 고약하다고 생각했던 스코틀랜드 할아버지라면, 그 할아버지가 가진 아름다운 면이 고스란히 드러난 게 바로 그 칵테일인 거지! 그 위스키의 이름은 '아드벡'이야. 평소라면 위스키에서 소독약냄새가 난다고 얼굴 찌푸리며 "높! 난 안 마실래"라고 바로 얘기했을 텐데, 바텐더의 거부할 수 없는 제안에 이끌려 시작한 칵테일 어드벤처는 정말 즐거운 경험으로 남았어. '손 안 가는 영화 보기'만큼이나 '칵테일 어드벤처'도 소소하지만 꽤나 의미 있는 모험이더라. 아드벡 위스키의 숨겨진 매력과 아름다움, 그리고 이런 작은 모험도 설레고 즐거울 수 있다는 사실까지 알았으니 말이지. 이렇게 찬찬히 생각해보면 세상 모든 게 하나하나 저마다의 쓸모와 나름의 미학이 있어요, 그렇지?!

또 새로운 칵테일을 찾아 떠나는 세진이가

생각지도 못한 곳에서 하게 되는

아름다운 경험들이 분명

우리의 마음을 부드럽게 만들어줄 거라 믿어.

윤
주

×

이 사랑, 지금 원가 불편한 것 같은데

×

세
진

역시 음식과 술에 진심인 박세진! 칵테일맛을 이렇게나 멋지게 표현할 수 있다니. 네 편지를 읽는데 〈요리왕 비룡〉의 한 장면처럼 그림이 그려지기까지 한다. 나에게 맛 표현이란 '맵다' '짜다' '달다' '다음에 또 먹어야지' '다신 안 먹어' 정도인 것 같은데. 만약 내가 그 바텐더였다면 집에 가서 뿌듯한 하루라고 일기를 썼을 거야. 나도 스코틀랜드 할아버지의 정원 좀 보게 조만간 같이 아드벡 한잔하러 갑시다.

오늘은 라디오 마치고 한강에 왔어. 퇴근길에 한강 공원을 지나다 유난히 밤공기가 좋거나 혼자만의 시간이 필요할 때 종종 주차해놓고 음악도 듣고 생각도 하며 시간을 보내거든. 오늘은 날이 좋아서인지 차가 많네.

난 이곳에서 사람들을 관찰하는 게 좋아. 뭔가 음흉해 보일 수도 있긴 한데 그냥 사람들의 걸음걸이, 표정, 옷차림을 보거나 우연히 몇 마디 말을 듣게 되는 게 재밌어. 혼자 이런저런 다양한 상상을 하거나 추측하는 걸 좋아하거든. 예를 들면 '저 사람은 왜 아까부터 저기 혼자 서 있을까' '저 커플은 왜 계속 싸우고 있을까' '저 사람의 뒷모습은 왜 저렇게 축 처졌을까' '저 사람들은 뭐가 그렇게 재밌을까'…… 그런 생각을 하면서 한참 몰입해서 바라

이 사람, 지금 뭔가 불편한 것 같은데

보다보면 가끔은 내가 그 사람이 된 것 같은 착각을 할 때가 있어. 오늘 그 사람이 겪었을 법한 힘든 일들이 떠오른다거나, 헤어진 사람을 우연히라도 만나고 싶어하는 간절한 마음이 느껴진다거나.

내가 사람들의 이야기에 공감을 잘하는 이유가 있다면 아마도 이런 습관 때문일지도 모르겠어. 다른 사람에 대한 관심과 호기심이 많고, 특히 나와 가까운 사람들의 표정을 습관처럼 관찰하다보니 감정 변화를 빨리 알아채게 되거든. 좋은 거 아니냐고 얘기할 수도 있겠지만, 문제는 잘 알지 못하는 사람에게까지 그 오지랖이 발동해 피곤할 때가 한두 번이 아니라는 거야. 예를 들어, 표정이 좋지 않은 사람을 보게 되면……

이 사람, 지금 뭔가 불편한 것 같은데.

몰라, 무슨 상관이야.

이 사람, 하고 싶은 얘기가 있는 것 같은데.

몰라, 무슨 상관이야.

생각을 오가다가 뜬금없이 "혹시 뭐 불편한 거 있으세요?"라고 묻는 나를 발견해. 그럼 대부분의 사람들은 놀라며 말해. "어머, 어떻게 아셨어요? 사실 제가……"

고등학생 때였나, 겨울의 좀 늦은 밤이었을 거야. 횡

단보도를 건너려고 신호를 기다리고 있는데 어떤 아저씨가 차비를 빌려달라고 하더라고. 순간 무섭기도 해서 "죄송해요, 현금 없어요"라고 얘기하고 돌아서긴 했는데 사실 주머니에 현금이 있었어. 급하게 뭘 사러 가는 길이었거든.

파란불이 되어서 횡단보도를 거의 다 건넜는데 아저씨 표정이 계속 마음에 걸리는 거야. 추운 겨울밤, 밖에 너무 오래 있어서 굳어버린 몸과 겨우 용기를 낸 듯 민망하고 미안해하는 표정. 그래서 다시 뛰어갔는데 아저씨는 사라졌더라고. 한참을 두리번거리며 찾는데 너무 후회되더라. '집에 갈 차비가 없다잖아! 오늘 얼마나 추운데! 그 표정을 보고도 지나치다니, 이 냉정한 인간.'

불편한 마음이 꽤 오래갔던 것 같아. 오버지. 그치, 나도 알지. 잘 아는데 고쳐지지가 않네. 예전엔 더 심해서 사람들과 함께 있는 시간이 좋으면서 한편으론 지쳤던 것 같아. 그래서 점점 더 혼자 있는 시간을 좋아하게 된 건지도 모르겠어.

매해 여름마다 했던 〈정말 고마워서 갑니다〉 전국 투어 공연 때, 처음이자 마지막으로 느꼈던 희한한 순간도 있었어. 공연을 시작하고 얼마 안 됐는데 관객들이 어느 순간 하나같이 화가 난 듯 나를 째려보고 있는 거야. 잘

이 사람, 지금 뭔가 불편한 것 같은데

못 느낀 거라 생각하고 눈을 감고 노래 한 곡을 부르다 다시 떴는데, 아까와 달라진 것 하나 없이 화가 나 있는 얼굴 그대로였어. 분명 초반에는 다들 얼굴이 밝았는데, 갑자기 바뀐 표정을 보니 남은 한 시간이 너무 무서웠어. '의자에서 떨어지면 공연을 멈출 수 있을까?' '잠깐만 밖에 나갔다 올까?' 처음 느껴보는 공포감에 터져나오려는 눈물을 꾹 참고 겨우겨우 공연을 끝냈어. 그런데 공연을 마치고 너와 밴드 멤버들이 오늘 객석 반응이 정말 좋았다고 하길래, 당황스러우면서도 나만 그런 기분을 느낀 것 같아 다행이라고 생각했지.

다음날도 공연이 있어서 다른 지역으로 넘어가는 차 안에서 조용히 울며 생각했어. 잠깐 마음이 약해졌었다고. 그럴 때도 있는 거라고. 내가 본 사람들의 표정이 진짜가 아니었으니 얼마나 다행이냐며 스스로를 위로했지. 왜 그런 기분을 느꼈는지 여전히 알 수는 없지만, 그냥 그렇게 생각하기로 했어.

다음날 걱정과 달리 너무나 따뜻한 시선을 받으며 공연을 끝냈어. 얼마나 감사하던지. 그 공연이 없었다면 한동안은 무대에 서는 게 무서웠을 수도 있었겠다는 생각이 들어. 내가 타인의 작은 표정 변화만으로도 아주 많이 흔들리는 사람이란 걸 다시 한번 깨달은 경험이었지.

몇 년이 지나도 여전히 다른 사람을 살피는 걸 보니 앞으로도 쉽게 바뀌지는 못하겠지만, 지금부터라도 다른 사람을 조금 덜 신경쓰고, 덜 피곤하게 살고 싶단 생각이 든다. 그럼에도 불구하고 이게 나인걸 어쩌겠나 싶기도 하고.

공연 이야기를 쓰며 떠올려보니 벌써 우리가 알게 된 지도 햇수로 15년이야. 성격도 외모도 음악 취향도, 모든 게 다른 너와 내가 이렇게 긴 시간을 함께하고 있다는 게 문득 신기해. 너무 달라서 잘 맞는 건가 싶기도 하고. 연애를 할 때도 성격이 너무 달라서, 혹은 너무 비슷해서 잘 맞는 경우가 있잖아.

나는 예민하기도 하고 잔소리도 많아서 가끔 네가 나를 불편한 상사처럼 느끼지 않을까 생각할 때가 있었어. 말 나온 김에 물어보고 싶네. 잔소리가 취미이자 특기인 내 성격 때문에 힘든 적은 없었는지 말이야.

"이게 다 널 사랑해서야……"라고 꼰대처럼 말하고 싶은
윤주가

이 사람, 지금 뭔가 불편한 것 같은데

세
진

×

인류애가 없어야 쓸 것도 하는 거지

×

윤
주

응, 그날 기억나. 공연을 끝내고 나서 네가 너무 당황스러워했던 날이었지. 돌아가는 차 안에서 네가 얘기했었어. 그 이야기를 듣고 그런 분위기는 전혀 아니었다고 너를 안심시키고(실제로도 그런 분위기는 아니었던 기억이나) 오늘 정말 잘했다고 얘기했던 것 같아. 한참이 지나서 언젠가 이 얘기를 네가 한번 더 했는데, 그때는 차 안에서 조용히 눈물을 훔쳤다는 말도 넌지시 해줬던 기억이 난다.

그런데 다시 생각해보니 네가 그날 느꼈던 감정이 무엇이었는지 알 것 같아. 최근에 내가 느낀 감정과 비슷하거든. 사람들은 다들 잘했다고, 너무 즐겁게 봤다고 칭찬하는데 나 혼자만 그렇지 않은 것 같은, 고립된 섬이 된 기분. 지금 어림잡아 생각해보면 너와 내가 느낀 건 그때 우리가 마음속에 가졌던 공연에 대한 책임감의 무게가 아니었을까 싶어. 다른 사람을 신경쓰고 걱정하는 너의 모습을 보면 가끔 참 안쓰러운데, 한편으론 너의 배려에 나를 포함한 많은 사람이 고마워할 때가 많아. 너처럼 세심하게 느낄 수 있는 사람은 그만큼 다른 사람들에게 필요한 게 뭔지 빨리 눈치채고 잘 챙겨주니까. 그래도 앞으론 너를 위해서 타인을 조금 덜 신경쓰고 네가 더 자유로워지길 바랄게.

인류애가 있어야 쓴소리도 하는 거지

라디오를 마치고 이제 집에 와서 너에게 답장을 쓰고 있는데, 또 이 시간(밤 12시 45분쯤)에 배가 고프다. 라디오는 앉아서 말만 하면 되는데 왜 항상 이때만 되면 배가 고픈 건지…… 당최 알 수가 없지만 일단 냉장고를 한번 싹 봐야겠어. 와…… 집에 먹을 게 너무 없네. 진짜 왜 이러지? 맨 김치나 달걀뿐이야. 사실 지금 로제떡볶이 시키고 싶은데 어제 먹어서 오늘도 시켜 먹는 게 좀 멋쩍네.

그래서 오늘은 위스키 한 잔, 구운 은행, 그리고 어제 로제떡볶이에 딸려 온 단무지를 먹고 있어. 위스키와 구운 은행의 조합이 나름 괜찮은 것 같고, 단무지가 의외로 한 방이 있구만. 얇게 저민 단무지(두꺼우면 맛없어. 얇아야 해)를 생수에 넣어서 짠 기를 좀 빼고 먹었는데 피클 뺨치는 감칠맛에 소리도 경쾌하고 식감도 아삭하니 맛있다. 그런데 단무지엔 멸치국수 아닌가? 흠, 공교롭게도 집에 있는 유일한 라면이 멸치칼국수네. 게다가 아까부터 신나게 비가 내리고 있어. 그렇다면 이 모든 조합의 종착지를 향해 달려가는 것이 세상 모두가 원하는 바가 아닐까 싶다.

삼십 분 후

하…… 달걀 두 개 넣은 멸치칼국수랑 단무지, 남도 김치까지 흡입하고 왔어. 너무나 만족스러워! 뭐든 할 수 있을 것 같아. 역시 탄수화물이 제일이야. 자, 이제 밥도 든든하게 먹었으니 이야기를 시작해보도록 할게.

지금 생각해보면 어떻게 지나간 건지 모르겠다. 마치 짧은 청춘 영화를 한 편 본 것만 같은 기분이야. 청춘 영화에는 항상 그런 장면이 있잖아. 청춘이라 너무나 찬란하고 밝지만 그만큼 드리운 그림자가 짙다는 사실을 표현한 장면. 생각해보면 내 청춘도 밝지만은 않았던 것 같은데, 옥상달빛이라는 필터를 끼워서 청춘의 그림자까지도 아름답게 채색된 느낌이네.

네가 얘기한 대로 우린 정말 많이 다르지. 같은 밴드지만 목소리는 물론이고 성격도 식성도 취향도 달라. 하지만 개그 코드가 잘 맞고, 추구하는 음악 색깔이 비슷해서 교집합을 이루고, 싫어하는 것들이 좀 비슷한 것 같아. 둘 다 오버하거나 과장하는 사람들을 싫어하고, 튀는 걸 좀 꺼리는 편이지.

예전에 네가 그런 얘기를 했어. 고등학생 때 버스에

인류애가 있어야 쓴소리도 하는 거지

서 하차벨을 누르는 게 너무 신경쓰여서 힘들었다고. 나는 아직까지도 내가 걸어서 산책할 때 옆 도로에 신호에 걸린 차들이 줄지어 서 있는 그 짧은 삼십 초가 너무 싫더라. 별것 아닌 것 같지만, 우리한텐 그런 게 너무 중요하잖아. 그렇게 사소한 것부터 큰 부분까지 잘 맞는 듯 아닌 듯, 어떤 면에선 비슷하지만 또 확연히 다른 우리 두 사람이 벌써 친구한 지 10년이 훌쩍 넘었다는 게 뭉클할 정도로 기분이 좋다. 함께한 세월과 그간 같이 겪은 역경이 우리를 점점 닮아가게 해준 거 같아.

　　이전 편지에서 네가 꼰대 상사처럼 이것저것 잔소리를 했다고 적었는데, 그건 네 말대로 어쩔 수 없는 부분인 것 같아. 거기다 너는 나한테만이 아니라 누구에게나 일관적으로 잔소리를 하는 스타일이잖아. 네 잔소리가 처음엔 당황스러웠지만, 시간이 지나면서는 그것도 다 애정에서 나오는 말이란 걸 알게 됐어. 정말 그 사람한테 애정이 있어야 잔소리도 할 수 있는 거야. 인류애를 가져야 쓴소리도 하는 거지, 나 같은 사람은 애써 관심을 두려고 노력해도 그 정도 애정이 겨우 생길까 말까야. 너와는 정반대로 나는 쉴 때는 일 생각을 아예 안 하고 싶어하는 사람인데다, 일상과 일을 분리하는 게 내 성격상 더 맞아서 네 잔소리가 가끔은 불편하기도 했지. 하지만 그 덕에 여러 일을 잘 준비할 수 있었으니까 너의 잔소리가 많은 도움이 됐다고 봐.

너도 알겠지만 내가 좀 산만하잖니. 집중하는 시간이 짧고, 어떨 땐 할일을 잊어버리기도 해. 아마 네 성격상 이해가 안 되는 부분도 많았을 거야. 남한테 별 관심이 없는 성격 탓에 널 포함한 많은 사람을 배려하지 못한 적도 있었을 거라 생각해. 지금 보니까 내 옆에 꾸준히 있어준 사람들은 참 착하고 좋은 사람들이구먼.

이 얘길 계속 곱씹다보니 계속 떠오르는 단어가 '고마움'이네. 지난 13년간 네가 맘고생하며 넘어가준 날들도 있었을 텐데 많이 배려해줘서 고마워. 네 성격이면 얘기하고 싶어서 끙끙 앓다가 나한테 열두 번도 더 돌려서 말했을 텐데 지금 생각하니 많은 수고로움이 있었겠구나.

이렇게 서로 다른 성격을 알아가고 조율해가면서 이뤄낸 옥상달빛의 13년은 서로에 대한 존중과 배려가 없었다면 가능하지 않았겠지. 계획에 맞춰서 움직이고 이성적으로 생각하는 사람과 즉흥적이고 직관적인 사람이 만나서 잘 맞는 게 어쩌면 더 이상한 일일지도 몰라. 그럼에도 지금까지 잘 지내온 건 예민하지만 그만큼 섬세하기 때문에 다른 사람을 배려할 줄 아는 너와, 투박해도 그만큼 긍정적인 부분이 있는 내가 만났기 때문이고 그렇기에 앞으

인류애가 있어야 쓴소리도 하는 거지

로의 희망도 가질 수 있는 거라고 생각해. 지금까지 팀을 잘 유지해온 우리 각자에게, 그리고 서로에게 오늘만큼은 아낌없이 박수쳐주며 칭찬해줘도 되겠다. 옥상달빛의 음악에 우리만의 색깔과 메시지가 더 많이 묻어나길, 그리고 그런 우리의 음악이 멀리 퍼져나가기를 빌어.

이렇게 따뜻한 편지를 쓰다가 갑자기 유턴하는 기분도 들지만, 최근 매우 충격적인 사건을 겪고 고민이 생겨서 너한테 꼭 물어보고 싶었어. 예전부터 궁금했던 또다른 관계에 대한 이야기, 바로 '결혼'!

넌 언제 결혼해야겠다는 생각이 번뜩 들었니? 보통 사랑하는 사람을 만났을 때 드는 생각이지만, 나는 이 사건을 겪고 누군가와 함께 서로 의지하며 사는 것에 대해 진지하게 다시 생각해봤어.

며칠 전 집에 벌레 한 마리가 들어왔어(내가 정말정말 무서워하는 '바선생'이었어……). 요즘 들어 날씨가 습해져서인지 뒤쪽 베란다를 통해서 동생 방으로 들어온 것 같아. 나는 하루종일 집에 있었는데, 벌레가 들어온 줄도 모르고 눈누난나 여유를 부리고 있었지. 근데 동생이 퇴근하고 집에 들어와선 소리를 빽 지르며 사색이 된 얼굴로 벌레 들어왔다고 벌벌 떠는 거야. 너도 알겠지만 나

진짜 벌레 무서워해서 길거리에서도 벌레 보면 멀리 달아나버리잖아. 그놈의 벌레가 너무 크다고 소리지르는 동생의 목소리를 듣고 잠깐 생각했어. '잠깐 나갈까? 아니야…… 내가 나간다고 해서 쟤가 알아서 나가는 건 아니잖아!' 그래서 생각을 고쳐먹고, 같은 동네에 사는 남자친구한테 잡아달라고 얘기하라고 동생을 종용했어. 급히 출동해준 그 착한 친구는 금방 벌레를 잡아주고는 삼 분만에 쿨하게 떠났어. 벌레와 동생 남자친구가 떠나고, 한시름 놓고 멍하게 앉아 있는데, 문득 이런 생각이 드는 거야.

'내겐 벌레를 잡아줄 사람이 없다!!!!!!!!!'

내겐 이런 초유의 비상사태에 부를 사람이 없어. 평소에 남자 사람 친구를 만드는 타입도 아니고, 세스코 같은 전문 업체를 부른다 해도 그분들이 119 구조대처럼 당장 출동하는 건 아니잖아. 그러니까 내게 남자친구가 없을 땐 집에 벌레가 나타나면 내가 나가든지 벌레가 알아서 나가기를 기도하는 것, 이 두 가지 외엔 방법이 없단 사실을 깨달은 거야! (절대 내가 잡을 순 없어.)

연애 안 한 지 1년 반이 넘어가는데 그간 딱히 누군가를 만나고 싶단 생각을 해본 적이 없었거든? 근데 하필이면 그 순간 강력하게 연애의 필요성을 느끼는 내가, 순간 너무 황당한 거지. '아니…… 누군가를 좋아하는 마음이 생겨서 연애하고 싶은 게 아니고, 당장 벌레를 잡아줄 사람이 없단 이유로 이렇게 강력한 필요성을 느낀다고?' 그런데 진짜 그랬어. 내겐 외로움보다 더 무서운 게 벌레였던 거야!

엄마가 나보고 너도 빨리 결혼하라고~ 하라고, 노래를 부르시면서 매번 "혼자 보내기엔 네 나이가 아깝다!"라고 말씀하셨는데, 난 그때마다 "맘에 드는 사람이 있어야 만나지!!" 하고는 그냥 넘겼거든. 그런데 집에 벌레가 나온 그날, 별안간 마음에 드는 사람을 찾아봐야겠다는 생각이 들었다면 믿어지니? 이게 단지 벌레 한 마리를 퇴치하는 일뿐만이 아니라, 내가 힘들거나 아프거나 막막한 상황에 놓여 있을 때 내 편이 옆에 있고 없고의 차이가 분명 있을 거란 게 그날만큼은 정말 확실하게 느껴지더라고.

너는 기혼자이기도 하고 평소 결혼의 좋은 점을 자주 이야기하잖아. 너뿐만 아니라 다른 사람들도 '안정적이다' '내 편이 생긴 기분이다' 이런 얘기를 많이 해서 좋은 점이 많다는 것도 알겠는데, 사실 난 자라면서 우리 부모님의 불안한 모습을 많이 봤거든. 거기다 한때 알고 지내던 기혼자 언니가 "부부는 어디까지나 경제적 공동체일 뿐이다"라고 선언하던 모습의 잔상이 아직까지 남아 있기도 하고. 내가 결혼을 안 한 이유를 꼽자면 한두 가지가 아닌 거 같은데, 가장 큰 이유는 '아직 자신이 없다' 정도가 되겠다. 이렇게 여러 이유들로 나이가 들수록 자연스레 결혼을 회의적인 시선으로 바라봐왔는데, 그 오랜 시간 동안 뻗어온 견고한 생각의 가지가 고작 벌레 한 마리 때문에 와그작 부러질 수 있다는 사실이 나 자신을 소름 돋게 하는구나. 오메 추운 거……

참 나, 진짜 별것 아닌 걸로도 사람 마음이 바뀔 수 있구나 싶어. 하…… 벌레가 많은 깨달음을 주네. 그래서 말인데, 대체 결혼이란 뭘까?

결혼과 벌레의 상관관계를 생각중인 세진이가

인류애가 있어야 쓴소리도 하는 거지 ────

윤
주

×

조금은 신기한 결혼생활

×

세
진

그렇다면 결혼이란 '대신 벌레 잡아주는 사람이 생기는 것'이라고 이야기할 수도 있겠다.

사실 나도 모기 한 마리 죽이지 못하는 사람이라 벌레가 나타나면 팔다리에 소름이 돋은 채로 쭈글쭈글 도망만 다녀. 모기 멱살이라도 잡을 수 있다면 얼마나 좋을까 생각하며 한여름에 이불을 머리끝까지 덮고 땀을 뻘뻘 흘리며 중얼중얼 욕하다 잠들지. 생각해보니 요즘은 이렇게 초라하게 잠드는 일이 없어진 것 같다. 그래, 이게 바로 편안한 잠을 선사하는 '결혼생활'이로구나!

너도 자주 이야기하지만 난 조금은 신기한 결혼생활을 하고 있어. 같은 직업을 갖고 있기 때문에 각자의 시간이 얼마나 중요한지 알고 있거든. 그 시간을 서로 존중하다보니 연애할 때보다 혼자 있는 시간이 더 많아진 것 같기도 해. 분명히 같은 집에 살고는 있는데 집만 셰어하는 느낌이랄까. 어느 날은 스케줄을 하러 갔다 만났는데 오랜만에 보니 살이 많이 빠져 있더라고. 이 녀석, 못 본 사이에 다이어트에 성공했군.

정열이랑 연애할 때 주변에서 가장 많이 들었던 얘기가 있어. 50년 정도 함께 살아온 노부부 같다는 말. 데이트를 할 때 새로운 곳을 검색해 찾아보고 이곳저곳 다니는 것보다 익숙한 카페에 들어가 각자 작업하고 수다떠는 걸 더 좋아했고, 자주 연락하지 않아도 그걸로 싸우지 않았거든. 나도 놀라웠어. 사실 내가 연애할 때 가장 많이 들었던 말이 '왜 연락하지 않니' '너는 내가 보고 싶지 않니' '왜 사랑한다고 얘기하지 않니'였거든. 사랑하지 않아서 그랬던 건 아닌데, 늘 억울하고 답답했어. 이제 와 돌아보면 표현을 많이 하지 못한 내 잘못도 있었을 거라 생각해. 그런 불안한 마음이 들게 했으니까.

연애를 열정적으로 하지 못하던 나에 대해 고민이 많았던 그때, 비슷한 성향을 지닌 정열이를 만나니 정말 큰 위로가 되더라. 내 문제가 아니었구나. 그냥 그 사람들과 속도가 안 맞았던 거구나. 그러다보니 싸울 일도 없었어. 거기에 성실하고 열심히 사는 모습까지, 감동적이었지. 사실 그럴 줄 전혀 몰랐거든. 어쩌다 〈아메리카노〉로 운좋게 뜬…… 여기까지만 말할게. 아무튼 여전히 정열이는 내가 아는 사람 중에 가장 성실한 사람이야. 그 외에도 존경할 만한 모습들이 많아서 자연스럽게 결혼을 생각하게 됐나봐. 고민이랄 것도 없었던 것 같아. 아직 한 번도 싸우지 않고 잘 지내는 걸 보면 자기와 맞는 사람은 분명 있다고 얘기하고 싶다!

신혼 초 1~2년 정도는 많이 싸운다고들 하잖아. 각

기 다른 환경에서 긴 시간 살아온 두 사람이 함께 가정을 이루고 하나의 그림을 그려가야 하니까 그럴 수밖에 없는 것 같기도 해. 둘만의 방식을 찾아가는 시간이겠지. 그래서 어렵고 불편할 수 있지만 꼭 견뎌내야 하는 시간이라고 생각해.

예를 들어볼게. 신었던 양말은 세탁기에 넣어야 하는데 그게 습관이 안 돼서 화장실 앞에 매일 쌓아두는 거야. 그럼 말해. "난 이곳에서 양말 산을 보고 싶지 않다." 그럼 상대방도 고치려고 열심히 노력하는 듯해. 그러다 어느 순간 다시 산이 만들어져 있어. 그렇게 몇 번을 반복해도 바뀌지 않는다면 그땐 '아, 이건 도저히 고치기 어려운 일인가보다' 생각하고 내가 치우면 되는 거야. 그런데 만약 '내가 이 사람 양말이나 치워주려고 결혼했나? 난 정말 불행해'라는 생각을 하면 거기서부터는 걷잡을 수 없이 일이 커질 수밖에 없어. 자기 연민이 쌓이기 시작한 결혼생활은 행복할 수 없다고 생각하거든. 아무리 사소한 계기로 시작됐다 하더라도 계속해서 감정이 쌓이다보면 어느 순간 감당할 수 없을 만큼 커다란 문제로 바뀌어 있는 경우도 많거든. 그런데 말이야, 시간이 지나고 보니 내가 상대방을 이해하고 넘어가는 것처럼 상대방도 마음에 들지 않는 나의 습관들을 이해하고 그냥 넘어가준 적이

조금은 신기한 결혼생활

있지 않을까 싶더라. 그렇게 생각하니 조용히 내 방식을 인정하고 기다려준 그 마음이 고마울 수밖에 없더라고.

그런데 네 말대로 결혼한 사람들이 모두 행복하고 안정적인 관계를 유지하는 건 또 아닌 것 같아. 주변만 봐도 공갈빵처럼 속이 텅 빈 결혼생활을 유지하는 친구도 있고, 다시금 '빛이 나는 솔로'로 돌아와 자유를 만끽하는 친구들도 많거든. 처음 그 사람에게 끌렸던 점이 그 사람과 헤어지는 결정적인 이유가 되기도 하고, 결혼과 동시에 마음에 긴장감이 풀어져 연애할 때는 서로 몰랐던 별로인 모습들을 내보이기 시작하면서 조금씩 멀어지기도 해. 물론 무조건 감추며 살라는 건 절대 아니지만 아무리 결혼을 했다 해도 지켜야 하는 '선'이라는 게 있거든. 연애할 때 수없이 싸우며 만들어진 둘만의 선. 그것만 넘지 않아도 싸움의 횟수를 줄일 수 있는데, 싸움이 나는 순간 누가 먼저랄 것도 없이 그 선을 건드리는 게 문제지. 결혼을 한다고 해서 이해할 수 없던 것들이 갑자기 이해되는 게 아니기에 결혼 후에도 연애할 때만큼이나 노력이 필요해.

예전에 연애에 대해 이야기하다 내가 농담처럼 말했잖아. 기다리던 전화 한 통에 일 초의 고민도 없이 달려나가게 될 것 같을 땐 차라리 신발장에 있는 신발을 모조리 꺼내 세탁해버리라고. 하루종일 휴대폰만 바라보고 있던 사람처럼 느껴지지 않게 말이야. 지금 생각해보면 적당한 '밀당'이 필요하다는 걸 얘기하고 싶었던 것 같아. 감정 과잉 상태일 땐 일을 그르치기 쉽거든.

서로 마음이 커지는 속도가 비슷해야 여기도 보고 저기도 보며 '함께' 갈 수 있는데, 상대방의 속도를 인지하지 못한 채 마음만 급해서 혼자 빠르게 달려가다보면 달려가던 사람은 따라오는 상대방을 기다리다 지치고 상대는 달려가고 있는 사람의 뒷모습만 보게 되니까 결국 둘 모두 지치더라고.

좋아하는 사람이 생기면 어떤 영화를 좋아하는지, 어떤 음악을 들으며 하루를 정리하는지, 어떤 음식을 먹을 때 행복해하는지, 어떤 상황을 불편해하고 싫어하는지 그 사람에 대해 관심과 궁금증을 갖게 되잖아. 그러다 어느 순간 '그럼 난, 뭘 좋아하지?'라는 질문을 만나게 될 때가 있어. 온통 상대에게 닿아 있던 시선과 관심이 나에게 향하는 순간! 그때부터 더 건강한 연애를 할 수 있다고 생각해. 오늘 그 사람의 기분을 내 하루의 기준으로 삼는 것도 사랑일 수 있지만, 스스로의 기분에 관심을 갖고 귀기울여주는 것도 굉장히 중요하다고 생각하거든. 나를 사랑

조금은 신기한 결혼생활

할 줄 아는 사람이 타인도 건강하게 사랑할 수 있을 테니까.

정신 못 차리게 가슴 뛰어 잠 못 드는 기분을 느낀 지가 좀 오래돼서 '사랑할 때 알아야 할 서른한 가지' 뭐 이런 제목의 책처럼 교훈적으로 이야기한 것 같은데……잘 기억이 안 나서 그렇지 나도 즐겁고 활기차고 감정이 널뛰는 그런 전쟁 같은 연애도 했었어. 진짜야……

살아가며 경험하는 대부분의 일들이 나를 성장시켜줬지만, 그중에서도 사랑과 이별은 감정이 둔해지지 않아야 하는 직업을 선택한 나에게 정말 많은 영향을 줬어. 김윤주라는 작은 씨앗에게 햇빛이 되어주고, 비와 바람이 되어준 사람들 덕에 무럭무럭 자란 것 같아. 물론 모든 연애가 다 좋은 기억으로만 남을 수는 없겠지만 시간이 지나고 보니 고마운 마음이 커. 난 이렇게 따뜻하고 아련하게 지난 연애의 회상을 끝내려 한다. 다 고마웠다…… 그래.

연애도 결혼도 꼭 완벽하게 준비가 되어야만 할 수 있는 건 아니라고 생각해. 애초에 완벽하게 준비할 수도 없는 것 같고. 그러니 준비가 되지 않았다고 고민하지 말고 너를 많이 사랑해주고 널 아낌없이 응원해주는 사람, 그리고 벌레도 한 번에 잘 잡는 그런 사람 만나길 바란다, 세진아!

얼마 전 아는 동생이 연애를 시작했는데, 그 이야기를 들은 기혼인 친구들이 커플 톡방에 자기들 좀 초대해달라고 했대. 그냥 아무 말 안 하고 둘이 대화하는 것만 보면 안 되냐고. 그런 설레는 이야기는 듣기만 해도 삶의 활력이 된다고나 할까. 가끔은 당사자보다 더 설레기도 하거든.

그래서 말인데 박세진은 어떤 연애를 했는지, 어떤 결혼생활을 하고 싶은지도 알고 싶다. 결혼 전에는 다른 사람들 연애 얘기에 정말 관심 없었는데 요즘은 그렇게 재밌다. 참 재밌어. 제일 좋아. 그러니까 얘기해줘…… 기다려봐, 맥주 좀 가져올게.

신나는 윤주가

세
진

×

그럼에도, 사랑은 늘 가치 있고 여전히 기다려져

×

윤
주

연애라…… '연애'란 두 글자만으로도 왜 뜻 모를 미소를 짓게 되는지 너는 아니? 난 몰라. 그냥 너무 좋다. 아마 너도 나와 같은 표정으로 웃고 있지 않을까 싶은데, 맞지? 그래 윤주야, 아주 좋아 보여.

내 연애 얘기가 궁금하다고 했지? 그래…… 웬만한 건 네가 다 알 것 같지만, 그래도 기억을 더듬어볼게. 일단 간단히 한 문장으로 정리하자면 이거야.

'불꽃같은 사랑과 빡센 연애.'

난 너처럼 노부부의 사랑 같은 정적인 연애는 딱 한 번 해봤고, 보통은 위에서 말한 그런 연애가 대부분이었던 거 같아. 어렸을 땐 인생의 희로애락을 소설로 배웠지만, 어른이 되고 나서는 사랑으로 배웠달까?

그런데 이제 저런 연애는 안 하고 싶어. 그새 나이가 들었는지 너무 피곤해요. 같은 물이라도 바다에서 파도 타는 서핑보단 잔잔한 호수에서 노를 저으며 둘이 뱃놀이를 즐기고 싶다.

요즘 드는 생각은 있지, 왜 사랑은 할 때마다 어려운지 모르겠다는 거야. 이전 연애에서 느끼고 배운 걸 다음 연애에 적용하는 게 정답은 아닐 수도 있단 걸 항상 끝나고 나서야 알게 되더라고. 그래서 최근에도 이 문제로 고민했는데, 내가 찾은 이유는 이래.

'매번 상대가 다르기 때문이다. 설령 같은 사람과 헤어졌다가 다시 만나더라도!'

'이번 연애에서 이런 건 좀 아쉬웠어' '이런 말이나 행동은 하지 말아야겠다' 싶은 것들이 있지만 다음 상대에게도 똑같이 적용되는 건 아니잖아. A라는 사람에겐 정답인 행동이 B에겐 오답일 수도 있고, 설령 같은 사람과 다시 만나더라도 처음 만나서 연애했던 시점과 다시 만난 시점 사이에는 시간차가 있으니까 똑같은 사람으로 볼 수 없다는 거지. 예를 들면 2019년의 나는 2022년의 나와 완전히 똑같다고 볼 수 없잖아. 〈지금은 맞고 그때는 틀리다〉라는 영화 제목을 생각해보면 내 말이 조금은 와닿을지도 모르겠다.

그나저나 정말 큰일은 이건데, 어느 순간부터는 누군가에게 설렘을 느끼기가 어려워진다는 거야. 이유야 여러 가지겠지만, 보통 나이 먹으면서 열정은 줄어들고 사람 볼 때의 기준은 늘어나잖아. 그래서 어느 순간부터는 웬만큼 맘에 들지 않으면 에너지든 시간이든 낭비하고 싶지 않다는 생각 때문에 선뜻 시작하지 못하는 것 같기도 해. 그래도 누군갈 만났을 때 나도 모르게 미소가 지어지기도 하는 건 내가 아직 연애를 할 수 있는 싱글이라서겠지? 그래, 나 누구든 만날 수 있는 싱글이야(그런데 왜 눈시울이 촉촉해지지…… 오늘따라 바람이 세게 부네……).

아무튼 차오르는 눈물을 뒤로하고 옛 기억을 더듬어보자면, 난 너와 거의 정반대 성향이라고 봐도 되겠어. 내가 본 너는 연애할 때 굉장히 느긋했던 것 같은데, 어느 날 네가 좋아하는 사람이 만나자고 할 때 곧장 나가고 싶을 것 같으면 억지로라도 못 나가게끔 상황을 만들어야 한다고 했잖아. 신발장에 있는 운동화를 모조리 빨아서라도 말이야. 그 얘기가 참 인상적이었어. 그런데 아무래도 그 '운동화 이론'은 나한테 적용하기는 좀 어려울 듯싶다. 성격이 급하고 솔직한 편이라 그런지, 그런 게 부자연스럽게 느껴져. 아닌 척도 좀 하고 페이크도 치며 속도를 조절할 줄 알면 좋겠는데 말이지. 나는 누가 좋아도 티가 나고, 싫어도 티가 나는 사람이잖아. 그래서인지 난 좋아하는 사람과는 밀당이 어렵고 관심이 없는 사람과는 밀당이 가능해(쓸모가 없네……). 이 나이쯤 되면 경험치가 쌓이니 밀당을 해볼 순 있겠지만, 어설프게 밀당해서 망하는 건 더 별로란 생각에 그냥 솔직하게 하는 편이야. 굳이 따지자면 정공법 스타일? 그냥 좋아하는 마음을 넌지시 드

그럼에도, 사랑은 늘 가치 있고 여전히 기다려져

러내고 많이 웃고 잘해주려 해. 그게 내 성격이랑 맞고, 그렇게 해서 운좋게 이어진 경우가 있어서 그런지 아마 앞으로도 크게 다르지는 않을 것 같아. 나이가 들면서 마음의 여유가 약간 생겨서 그런가? 어릴 때보다는 훨씬 성공률이 높은 것 같기도 하고.

어릴 땐 정말 제어가 안 됐어. 그 사람을 나 자신보다 더 많이 생각했고 거의 하루종일 그 사람 생각뿐이었지. 짝사랑에 한참을 끙끙 앓던 시절을 지나, 누군가와 연애를 시작하고, 헤어지는 건 죽을 만큼 싫었던 시절까지. 연애를 많이 해보진 않았지만 사랑의 환희와 아픔은 겪어봤지. 근데 생각해보면 그때는, 네가 얘기했던 '나에게 관심 두기'가 잘 안 됐던 것 같아. 감정 기복도 심했고 우울한 날들도 꽤 많았어. 그런데 어느 순간 찾아온 진짜 사랑을 경험하면서 '진정으로 사랑받고 있다' '진심으로 누군가를 사랑하고 있다'는 감정을 처음으로 알게 된 거야.

진심으로 누군가를 사랑한다는 걸 깨닫는 순간이 언제냐면, 그 사람의 단점까지도 안을 수 있는 포용력이 생길 때야. 작은 예를 들어보자면 이런 거지. 술에 취한 채로 편의점에 물 사러 들어갔던 사람이 넘어져서 바둥거리는 모습을 보며 일으켜주기도 전에 '귀엽다!'라는 생각이 든다거나, 상대가 비밀을 말할 때 그 사람의 약한 모습에 마음이 아파오며 꼭 안아주고 싶어질 때. 그때는 그냥 좋아하는 게 아니라 '내가 이 사람을 사랑하게 되었구나……' 깨닫는 순간인 것 같아. 그 감정을 처음 느낀 날이 아직도 기억난다. 정말 소중한 추억이야.

그리고 뼈아픈 이별 후에 알 수 있는 것들도 있었어. 그 사람을 고려하지 않고 내 마음대로만 하길 원하는 건 정말 사랑하는 게 아니라 떼쓰는 어린애 같은 마음이란 것. 진짜 그 사람을 위하고 아낀다면, 그 사람이 피곤해하면 조금 더 쉴 수 있게 만났다가도 일찍 헤어져주고, 일하느라 바쁜 날 연락이 잘 안 되면 기다려주기도 하고, 지금 내가 하고 싶은 것만 생각하는 게 아니라 그 사람의 입장에서 생각하는 마음이 필요하다는 걸 처절한 이별의 끝에서야 알게 됐지. 왜 항상 그런 건 헤어지고 나서야 알게 될까? 어리석은 자여, 그대의 이름은 사랑의 바보……

아무튼 그간의 연애를 거치면서 나도 많이 바뀐 것 같아. 일단 성격이 조금 더 밝아졌고, 자신감도 생겼고, 연애를 하면서 별별 감정을 다 느껴서인지 상대방이든 나자신이든 사람을 좀더 너그럽게 볼 수 있게 됐어. 역시 사랑을 하는 건 참 좋아. 나 자신조차 몰랐던 내 모습을 제대로 직면할 수 있는 기회이자(좋은 모습이든 아니든), 다른 차원의 기쁨을 선사해주는 경험이니까.

그럼에도, 사랑은 늘 가치 있고 여전히 기다려져 ─────

하지만 난 여전히 사랑이 쉽지 않아. 오죽하면 〈내 사랑은 왜 어렵지〉라는 노래까지 썼겠니(어쿠스틱 버전이 참 좋은데 말이지). 그럼에도, 사랑은 늘 가치 있고 여전히 기다려져. 누구에게 물어도 같은 마음일 거야. 올해는 모두들 설렘을 안고 애정 가득한 눈으로 내 사람을 찾아보는 해가 되면 좋겠다. 내게도 그렇고.

사랑 타령을 이리 길게 풀어놓고 나니, 정말 사랑이 하고 싶구나. 애정하는 사람이랑 둘이 오붓하게 밥 한 끼 먹고 싶네. 그냥 배가 고픈 건가? 그런가봐…… 배고프다. 난 이만 밥 좀 차리러 가야겠어.

오징어 숙회에 화이트 와인 한잔하고 싶은
세진이가

진심으로 누군가를 사랑한다는 걸

깨닫는 순간이 언제냐면,

그 사람의 단점까지도 안을 수 있는

포용력이 생길 때야.

윤
주

×

진심은 엇들어진 포장보다

더 강하다는 것

×

세
진

과연 사랑이 쉬워지는 순간이 있을까?

사랑이 쉬워지는 순간을 떠올리자마자 '지루함'이란 단어가 동시에 떠올라. 지루한 사람이 되는 것, 지루한 사랑을 하는 것 둘 다 너무 무섭다! 그렇게 소중하게 여겼던 사랑의 감정이 길거리에 나뒹구는 휴짓조각보다도 하찮은 것이 되어, 그 사람을 잃고 나서야 '아이고 내가 무슨 짓을 한 거야, 다시 돌아와줘'라고 후회해봤자 그땐 이미 늦지. 그래도 편한 것과 쉬운 건 다른 이야기니까, 연애하고 싶어하는 박세진에게 조금만 어렵고 많이 편안한 사랑이 다가오길 간절히 기도하마.

사랑도 쉽진 않지만, 요즘 나에게 가장 어려운 건 '말'이야. 우리가 자주 이야기하는 주제이기도 하지. 라디오를 진행하면서 말에 대해 참 많은 고민을 하잖아. 용기 내서 문자를 보내준 청취자에게 무릎을 탁 치는 멋진 위로의 말을 해주고 싶은데 난 고작 "아, 정말 힘드셨겠어요"라는 말밖에 못할 때가 많거든. 말을 하면서도 '야, 너 같으면 지금 그 말이 힘이 되겠냐?'라는 생각에 많이 괴로웠어.

뭐 지금도 비슷하긴 하지만 시간이 조금 지나고 나니 모르는 건 모른다고 솔직하게 얘기하고, 할 수 있는 이

진심은 멋들어진 포장보다 더 강하다는 것

야기라면 진심을 담아 말하는 게 최선이겠구나 싶어. 위로하는 척이나 아는 척은 결국 들킬 수밖에 없더라고. 숨길 수 없다는 게 가끔 무섭기도 하지만 솔직해야 한다는 결론에 도달하고 나니, 나를 탓하던 예전처럼 괴롭지만은 않아. 하지만 여전히 어려운 건 사실이야. 나에게 무겁지 않은 문제라고 해서 그 사람에게도 무겁지 않은 건 아니니까. 혹여나 내가 가볍게 이야기해버릴까봐, 깊게 생각하지 않고 내뱉은 말 한마디로 상처를 줄까봐 겁나. 그래서 여전히 라디오 시작하기 전에 기도해. 말실수하지 않게 해달라고.

넌 어떨지 모르겠지만, 난 살면서 책을 쓰게 되리라고는 상상조차 해보지 않아서 노트북을 켜는 순간 걱정과 긴장의 전원도 동시에 켜져(즐거움과 신나는 마음이 훨씬 더 크긴 하지만). 가벼운 농담과 헛소리는 나름 자신 있어서 이것만 글로 옮겨놓으면 잘 쓰는 건 둘째치고서라도 눈부시도록 하얀 화면에 글자는 채울 수 있을 거라 생각했는데, 글과 말은 정말 다르다는 걸 깨달았어. 둘 다 누군가의 마음에 닿으면 좋은 기억으로든 나쁜 기억으로든 오래오래 남지만, 말은 눈에 보이는 형태로 남지는 않는 반면 글은 기록이 되어 두고두고 볼 수 있으니 어쩐지 더 조심스럽다. 어디까지 솔직해져야 할지도 모르겠고, 솔직하게 다 이야기하고 나면 너무 별로인 내 모습이 들통날까봐 무서워서 쓰고 지우고를 진저리가 날 정도로 반복하고 있어.

오늘은 지우지 말고 우선 다 써보리라 마음의 준비를 하고 앉았는데, 어쩜 이렇게 정말 앉아만 있을 수 있는 거니…… 아마도 이건 집이 너무 조용해서라고 생각하며 카페에서 흘러나올 법한 클래식 연주를 찾아 틀었어. 왠지 조금 더 감성적인 내가 된 것만 같고 평소에 쓰지 않는 지적이고 고급스러운 문장들이 나올 것만 같아. 그래서 다시 컴퓨터 앞에 앉긴 했는데…… 또 가만히 앉아만 있네.

처음 글을 써보게 됐다고 친한 작가님에게 말했을 때 그분이 이런 이야기를 해줬어. 라디오도 그렇지만 글은 더 솔직해야 하는 것 같다고. 사람들은 이 사람이 진짜를 이야기하는지 아닌지 생각보다 더 빨리 눈치챈다고. 더 솔직해야 한다는 말이 조금 어려워서 책장에 쌓여 있는 책들 중 몇 권을 꺼내 읽으면서 생각해보니, 내가 좋아하는 책들은 공통적으로 모든 게 자연스러워. 편한 옷을 입고 편한 의자에 앉아 억지스러운 생각이나 표현 하나

진심은 멋들어진 포장보다 더 강하다는 것

없이 진솔한 대화를 나누는 모습 같달까. 반면 손이 잘 가지 않는 책들은 마치 소개팅 자리에 앉아 상대방에게 잘보이려 애쓰는 모습을 보는 것 같았어. 나 역시도 그럴싸해 보이려 겹겹이 포장에만 공들이고 있는 건 아닌지 걱정이 되더라. 하지만 내가 갖고 있는 것들이 아무리 작고별 볼 일 없다 해도, 진심은 멋들어진 포장보다 더 강할 테니 용기를 내보자는 결론을 내렸어.

어젯밤에는 반신욕을 하며 요조 언니의 『실패를 사랑하는 직업』을 읽었는데 너무 재밌어서 생각보다 오래물속에 있게 된 거 있지. 몸이 퉁퉁 불어 어쩔 수 없이 갑자기 때를 밀게 됐잖아. 좋은 글은 몸과 마음의 묵은 때를벗겨주는 건가 싶기도 하다.

좋은 책을 읽는다고 당장 좋은 글을 쓸 수 있는 건 아닐 테니 내가 할 수 있는 첫번째 노력으로, 여전히 어색하고 서툴기는 하지만 조금 더 솔직하게 이야기해보려고.

'네 마음은 알겠으니 이제 그만 솔직해도 될 것 같구나'라는 말은 부디 듣지 않길 바라며……

당분간은 마음 문을 닫지 않을 윤주가

여전히 어색하고 서툴기는 하지만

조금 더 솔직하게 이야기해보려고.

세
진

×

나를 다독이는 소심한 파이팅

×

윤
주

말과 글. 나한텐 그 어느 하나도 쉬운 게 없다. 심지어 점점 더 어려워지는 느낌마저 들어. 마음이라도 조금만 더 편해지면 좋겠는데 그 생각을 하는 순간 반대편에서는 이런 생각이 동시에 든다니까? 말이 편해지는 순간부터 말실수를 같이 안고 가는 거라고 말이야. 라디오를 시작하고부터 너만큼이나 나도 말의 무게를 실감하고 있어. 요즘도 종종 〈푸른밤, 옥상달빛입니다〉를 모니터링하지만 예전에 비해 내 말솜씨가 아주 나아진 느낌은 아니라 아직도 고민이 많아. 사실 매일 긴장되고 떨릴 만큼 발음이며 말하는 법, 목소리의 톤이나 뉘앙스가 신경쓰이는데 그나마 너랑 같이해서 편하게 들리는 거야. 초반엔 라디오 에세이 '희한한 시대'를 읽는 날이면 정말 생방송 시작 직전까지 고치면서 읽는 연습을 했는데, 아예 습관이 돼서 지금까지도 계속 그렇게 하고 있네. 라디오 DJ를 3년 넘게 하고 있는데도 아직까지도 이렇게 말하는 게 조심스럽고 부담스러울 수 있나 싶다. 에구 마음의 삭신이야…… 좀 나아지고 편해지자 제발……

지금 생각해보면 너무 웃기는 얘긴데, 이런 내가 물건을 파는 아르바이트를 한 적이 있었어. 그땐 대체 어떻게 했는지 모르겠다. 심지어 나중엔 너무 잘 판다며 정직원 제의까지 들어왔던 게 정말 어이없는 포인트야. 그때

할 수 있는 아르바이트가 많이 없었으니 나를 채용해주는 곳을 다녔던 것뿐인데…… 초심자의 행운이었는지 뭔지, 그런 날들도 있었지 뭐니. 아르바이트…… 그땐 진짜 절박한 마음으로 찾아다녔는데 말이지. 난생처음으로 경제활동이란 걸 시작해서 여기저기 부딪히고 깨지느라 힘들었지만 '나를 다독이는 소심한 파이팅' 덕에 그나마 버틴 거 같아. 그게 뭐냐면, 이런 거야. 처음 아르바이트할 때는 세상 돌아가는 걸 잘 모르잖아. 이리 깨지고 저리 깨지고 눈치보고 실수하고 야단맞고 진짜 난리도 아니지만 적응해보려고, 내 힘으로 돈 벌어보겠다고 부단히 애를 쓰며 속으로 파이팅을 외치는 거지. 그게 바로 소심한 파이팅이야. 말하자면 나에게 용기를 주는 과정이 아니었나 싶다. 그때는 이렇게 저렇게 힘들고 삶이 고되어도 살아보겠다고 참고 넘어가는 시절이었으니 지금 생각하면 참 대견하지. 만약 그때의 나를 만날 수 있다면 너무 잘하고 있다고 얘기해주고 아웃백 데려가서 밥 사줄 거야.

암튼, 아르바이트 이야기를 하려면 입시에 실패한 얘기부터 해야겠다. 그러니까 지금으로부터 19년 전…… 우와, 벌써 그렇게 오래됐구나. 정말 옛날이구먼(눈물). 스무 살의 나는 내가 원하는 학교에 진학하지 못하고 다른 학교에서 실용음악과 1학기를 마치고 휴학을 했어. 학교생활에 만족이 안 되고 배울 것도 없다는 생각이 들어서 잠깐 쉬고 싶더라. 그렇게 공식적으로 둥둥 뜬 휴학생이자 아무것도 가진 거 없는 애매한 상태가 되었지. 이제 성인이기도 하고, 엄마한테 용돈 달라고 하기에는 더이상 면목이 없어서 아르바이트를 할 결심을 했어. 처음으로 아르바이트를 시작한 곳이 대학교 앞에 있는 디저트 카페였는데, 아무래도 아르바이트를 처음 해봐서 그런지 힘들었나봐. 몸살이 심하게 와서 사흘 동안 엄청 아팠던 기억이 나. 그래도 참고 계속 나갔더니 적응되었는지 그후로 거기서만 무려 1년이 넘게 일했어. 그러다 너무 오랫동안 한곳에서만 일하니까 다른 곳에서도 일해보고 싶더라? 잘 적응했고 친구들도 생겼고 나름 인정도 받았는데, 왠지 다른 걸 해보고 싶더라고. 잘 다니던 곳을 그만두고 그때부터 이곳저곳 보부상처럼 전전했어. 일식집에서도 일해보고, 다른 카페에서 일하다가 사장님이 너무 눈치를 줘서 알아서 그만둔 적도 있고, 레스토랑에 출근했다가 하루 만에 잘린 적도 있어. 그러다 백화점의 시계 매장에서 아르바이트를 시작했어. 그 브랜드가 2000년대 초반에 엄청 유행했어서 너도 샀을지도 몰라. 나름 비싼 브랜드라 나는 팔면서도 내가 살 생각은 못했는데, 지금 생각해보니 아쉽기도 하다.

나를 다독이는 소심한 파이팅

일할 때 보통 평일 아침부터 저녁까지 직원 언니 한 명이랑 같이 일했는데, 가끔 그 언니가 식사를 하러 간다든지 잠깐 일을 보러 나가면 내가 매장을 지켜야 했어. 그런데 신기하게 내가 혼자 있을 때 시계가 더 잘 팔리는 거야. 심지어 조금 비싼 가격대의 시계들이. 당시 물가로 스포츠 시계가 50만 원이면 꽤나 비싼 편이었는데도 그런 게 잘 팔렸어. 사실 나는 물건을 판매하려는 것보다도 제품의 장점을 설명해주었을 뿐인데, 그러면 그냥 팔렸어. 지금 생각해보면 낮은 목소리 때문인가 싶어. 저음의 목소리는 왜인지 모르게 신뢰를 주기도 하잖아. 그래서인지 몰라도 어느 날부터 본사 실장님이 매장에 오셔서 나를 볼 때마다 정직원 제안을 하시는 거야. 놀라기도 했고 무척이나 감사했지만, 이상하게 그 제안을 받아들이면 내가 다시는 음악을 못 할 것 같다는 느낌이 오더라. 왜인지 설명은 안 되는데, 그 제안을 받아들이면 이십대 후반이 되었을 때 분명 음악 안 한 걸 후회할 것 같은 거야. 직감적으로 말이야.

아무런 계획도, 이렇다 할 목표도, 롤 모델도 없었지만 희한하게도 이 제안을 받아들이면 나중에 후회할 것 같다는 촉은 있었던 거지. 나는 그 직감을 믿었어. 얼마 지나지 않아 아르바이트를 그만두고 다시 음악을 할 생각으로 부모님한테 말했지. 남은 8개월만 도와달라고 말이야. 딱 한 번만, 내가 원하는 학교를 목표로 도전해볼 테니 도 와달라고. 그리고 내가 가고 싶은 학교 세 개를 정해서 시 험 준비를 하고 이듬해 원하는 곳에 합격했어. 얼마나 다 행인지…… 만약 떨어졌으면 직원 제안 거절한 걸 후회 했을 텐데.

만약 그 시그널을 무시하고 그곳에서 계속 일했다면 이십대 후반에 정말 후회했을까? 사람 인생이란 게 어찌 될지는 아무도 모르는 일이라 어쩌면 지금보다 더 잘 지 내고 있을 수도 있겠지만, 난 그때 직감을 믿고 행동하길 잘했다고 생각해. 무엇보다 내 선택으로 인생을 꾸려나갈 수 있다는 게 가장 의미 있고 감사한 일이야. 그렇게 나름 의 우여곡절 끝에 작곡과에서 너를 만나게 된 거야. 사람 인연이란 게 정말 신비해! 우리가 같은 해에 같은 학교, 같은 과에 똑같이 늦게 들어와 만난 동갑 친구로 결국엔 팀까지 이루었단 걸 생각하면.

그 터닝 포인트를 놓쳤다면 세상엔 옥상달빛이라는 팀이 없었을 테니 스물세 살의 어린 나에게 칭찬을 해주 고 싶다. 장장 3년간 아르바이트를 하다가 음악을 해야겠 다는 생각이 든 걸 보면, 사람은 오히려 불안정할 때 더 단 단한 결심을 하게 되기도 하나봐. 길다면 길고 짧다면 짧은 그 3년이 나에겐 딱 필요한 만큼의 시간이었다고 봐. 누구에게나 기다림의 시간이 있잖아. 씨앗이 꽃을 피우려면 싹을 틔우고 비도 맞고 바람도 이겨내고 휘어지는 법도 깨닫고 서로 기대어 공생하는 법도 배워야 하듯, 누구에게나 그런 시간이 필요하다고 본다.

쓰다보니 어느새 밤이 되었네. 오늘따라 동네가 참 조용하다. 옛날얘기 하니까 시간이 금방 지나가네. 나도 나이를 먹었는지 지나간 추억들이 떠오르면 금방 흐뭇한 미소가 지어지는데, 요즘은 체력도 의욕도 예전보다는 덜해서 때론 서글프기도 해. 하지만 그럼에도 매일 더 살고 싶은 이유가 점점 늘어났으면 좋겠어. 내일도 그랬으면 좋겠다.

어린 날의 나 덕분에 더 살고 싶어진 세진이가

내 선택으로 인생을 꾸려나갈 수 있다는 게
가장 의미 있고 감사한 일이야.

윤
주

×

하수구를 보고 배운 마음 정리법

×

세
진

정직원 제안까지 받았다니 대체 얼마나 잘 팔았던 거야? 구경만 하러 왔다가 너의 언변에 감동받아서 눈물 흘리며 손목에 시계를 하나씩 차고는 만족스럽게 백화점을 떠난 거 아니야? 아, 그리고 나도 그 시계 있었어. 시계가 너무 커서 사람은 안 보이고 시계만 보였던 그 브랜드……

중저음의 목소리가 신뢰감을 주는 건 사실이지만, 물건을 파는 건 그냥 톤으로만 되는 게 아니지. 네가 얼마나 똘똘하게 잘 얘기했을지 보지 않아도 알 것 같아.

나도 아르바이트를 몇 번 했는데 그중 가장 기억에 남는 건 문방구 아르바이트야. 초등학교, 중학교, 고등학교가 모두 있는 동네에 딱 하나 있던 문방구. 비록 등교 시간 두 시간만 일했지만 시급이 무려 7000원! 그때 최저시급이 3000원이 안 됐던 걸로 기억하니 이건 뭐, 엄청난 꿀알바였지. 문방구 앞에 붙어 있던 '알바 구함' 종이를 신나게 떼어내던 그때까지도 난 몰랐어. 어떤 시간이 내 앞에 펼쳐질지…… 그 문방구는 굉장히 작았어. 조금 과장해보자면, 순간적으로 너무 많은 학생이 몰리면 가끔씩 이리저리 치이다 허공에 붕 뜨기도 했다니까. 그렇게 전쟁 같은 두 시간이 끝날 때면 내 얼굴에 거뭇하게 턱수염이라도 자랐던 건지 아이들이 내게 "아저씨 이거 얼

마예요?" 물어보기도 했었지. 허허허. 1500원이다 이놈
아……

　힘들었지만 허리춤에 매고 있던 전대는 늘 무거울
정도로 꽉 찼어. 물건이 잘 팔리는 게 신기해서 시험기간
에는 컴퓨터용 사인펜 제조업이 나의 미래다 생각했고,
밸런타인데이에는 초콜릿 장인이, 그러다가 유희왕 카드
를 내가 만들 수 있다면, 아니 아예 내가 유희왕이었으면
좋겠단 생각도 했던 것 같아. 여하튼, 아무리 짧은 시간일
지라도 아르바이트를 하다보면 '이럴 시간에 한 곡이라
도 더 써야 하는데' 하는 마음에 불안했고, 그만두고 작업
만 하다보면 다시 돈 때문에 불안해졌지. 하지만 결국 음
악에만 집중하려고 모든 걸 그만두고 입시 준비에 전념했
어. 그 또한 용기였을 텐데 어린 우리 둘 모두 기특하네.

　얼마 전, 싱크대 하수구에 문제가 생겼어.
　졸졸 흐르는 물은 별문제 없이 소화하는데 많은 양
의 물을 한 번에 내리려고 하면 역류하더라고. 안에 있던
호스가 오래돼서 꺾여버렸나봐. 수리 기사님이 오셔서 꺾
인 호스를 조금 자르고 나니 바로 해결됐어. 이렇게 쉬운
일을, 일주일 동안 설거지할 때마다 하수구 눈치를 얼마
나 봤는지 몰라. 그런데 가만히 앉아 생각해보니 물을 내

려보내지 못하는 하수구가 내 모습 같기도 하더라. 매일 매일 별일 없이 지나가는 것 같은데, 사실 채 소화되지 못한 감정의 찌꺼기들이 조금씩 쌓이다가 탈이 나버린 거지. 그것도 생각지도 못했던 곳에서.

별일 아니라고 생각했는데 몸이 먼저 스트레스를 느끼고 신호를 보낼 때가 있잖아. 자주 듣던 음악인데 그날 따라 유난히 가사가 마음에 맴돌아 눈물이 터지기도 하고, 평소 같으면 쉽게 지나쳤을 법한 담벼락 틈새에 피어 있는 작은 꽃이 그렇게 기특할 수가 없고, 선선하게 불어오는 가을바람에 하루종일 무거웠던 머리가 점점 가벼워지는 게 느껴질 때. 그럴 때는 가끔 당황스럽기까지 해. 내가 이렇게 감성적인 사람이었나 싶어서.

요즘은 전봇대에 묶여 있는 풍선이 된 것 같아. 어디로도 날아가지 못하고 그 자리에 맴돌며, 날이 좋으면 좋아서 슬프고 안 좋으면 안 좋아서 슬픈 그런 상태. 다양한 이유로 마음이 좀 어두워진 탓도 있을 테고 어딘가를 여행할 수 없는 시간이 길어지니까 그럴 만하다 싶으면서도 유독 나만 이런가 싶어서 참 답답하네.

그래서인지 요즘 가사 쓰는 게 특히 어려워. 언제는 쉬웠겠냐마는. 위로가 유일한 목적은 아니지만, 우리의

하수구를 보고 배운 마음 정리법

음악을 듣고 기분이 조금이라도 나아지길 바라는 마음이 있다보니 건강한 생각을 하고 기분을 좋게 유지해야 한다는 부담을 느끼나봐. 마음속에서 어떤 이야기가 나오더라도 그냥 그게 지금의 나인가보다 받아들이고 인정하면 되는데 자꾸만 내가 정해놓은 틀에 맞지 않는다고 쉽게 낙담하게 돼.

처음 음악을 시작했을 때는 예쁜 바다를 발견한 것처럼 신나게 수영하고 물싸움도 하면서 재밌게 놀았어. 가끔은 깊은 곳까지 헤엄쳐갔다가 다리가 닿지 않아 깜짝 놀라서 다시 허겁지겁 돌아오기도 하면서 말이야. 그래도 그것조차 재밌다고 깔깔거리며 웃고 그랬지. 신기한 것도 참 많았고. 그런 시간이 지나고 나니 생각지도 못했던 긴 썰물의 시간이 시작되더라. 눈 깜짝할 사이에 바닥이 드러나고 어느새 발은 갯벌에 빠져 한 걸음 한 걸음이 어려워졌어. 몸과 마음 모두 어찌할 바를 모르고 무거워진 거야. 한번 빠지니 정말 빠른 속도로 가라앉더라. 이렇게 흔적도 없이 사라져버리면 어쩌나 싶은 무서운 순간들도 생기고.

그런데, 살아온 날들 곳곳에 이런 순간들이 늘 있었더라고. 힘든 때가 있으면 좋은 날도 찾아오고, 다신 웃지 못할 것 같은 날들 속에서도 괜찮아질 수 있는 작은 이유들이 하나둘 생겨나더라, 반드시. 그러니 이 힘든 시간도 머지않아 지나가겠지?

버거운 시간을 보내며 조금 괜찮아질 수 있는 몇 가지 방법을 찾았어. 혹시 너에게도 도움이 될지 모르니 한번 써볼게.

첫번째는 내가 할 수 있는 건 이제 정말 아무것도 없다고 인정하고 깔끔하게 포기하는 것.

그리고 두번째, 인정하고 포기했다면 시간이 흘러가도록 가만히 내버려두는 것.

주의할 점은 내버려두더라도 어떻게 흘러가는지는 두 눈을 뜨고 정확히 바라봐야 한다는 거야. 포기했다고 외면해버리면 비슷한 상황이 왔을 때 헤쳐 나갈 방법을 처음부터 다시 찾아야 하거든.

그리고 세번째, 고민거리들에 줄을 달아 풍선처럼 띄워두고 산책을 하는 것. 산책하며 하늘과 나무, 산책 나온 강아지들, 즐거워하는 사람들을 바라보는 것만으로도 마음이 환기되더라. 자연이 주는 힘은 대단하잖아. 그렇게 잠깐이라도 걷다보면 고민이 있던 자리에 새로운 생각들이 비집고 들어오기도 하니, 꼭 한번 가벼운 산책을 즐

　하수구를 보고 배운 마음 정리법

겨봤으면 좋겠어.

그렇게 하루하루 보내다보면 당장 눈앞에 보이는 파도 너머 저멀리 평온한 수평선을 볼 수 있는 여유도 생기고 마음의 위로도 얻게 되지 않을까?

가장 좋아하는 일을 한다 해도 언제까지나 그 일이 나에게 즐거움만을 줄 수는 없잖아. 그걸 깨닫고 나니 다가올 시간을 잘 견뎌내고 싶더라. 즐거움만 바라보고 왔던 지금까지와 달리, 이제는 또다른 무언가가 나를 기다리고 있을 것 같다는 생각이 들어. 황홀할 정도로 아름다운 바다일 수도 있고, 더 깊은 갯벌일 수도 있고, 혹은 전혀 다른 길일지도 모르지만 그래도 기대해보려고.

내 마음을 고장내지 않고 오래 잘 사용하기 위해서는 그때그때 소화를 잘 시켜야겠다고, 싱크대 하수구를 보고 배운다.

산책길에서 가벼워진 마음으로 윤주가

힘든 때가 있으면 좋은 날도 찾아오고,

다신 웃지 못할 것 같은 날들 속에서도

괜찮아질 수 있는 작은 이유들이

하나둘 생겨나더라, 반드시.

세
진

×

내일 내가 죽는다면, 오늘의 나는 어떨까?

×

윤
주

마음 정리하는 법을 처음부터 잘 아는 사람이 있을까? 아마 거의 없을 거라 생각해. 왜냐면, 그건 그래야 하는 상황을 맞닥뜨려야만 알게 되는 것 같거든. 마음 시끄러운 일이 생기면 어쩔 수 없이 마음을 단단히 먹고 헤쳐나갈 방법을 고민하게 되니까. 이것만큼 경험치가 중요한 문제도 없는 듯싶다. 보내준 편지를 읽으며 생각해보니까 네가 말한 힘든 시간을 보내는 세 가지 방법을 나도 한 번씩은 해본 적이 있는 것 같아. 특히 요즘 세번째 방법을 쓰고 있는데, 그게 꽤나 잘 맞는지 조금씩 활기를 찾아가고 있어. 진짜 초록 잎을 보면서 걷는 산책은 아니지만 산책만큼 기분전환이 되는 일이거든. 그게 뭐냐면, 바로 재밌어했던 테니스를 다시 치기 시작한 거야. 레슨 받을 때마다 '이대로 오 분만 더 치면 정말 죽을 수도 있겠구나' 싶을 정도로 심장 터지게 뛰어다니면서도, 그와 동시에 더 살고 싶다는 생각이 들어서 매번 칠 때마다 신기해. 그때만큼 심장이 크게, 빨리 요동치는 때가 없어서 그런가봐. 네가 말했던 것처럼 나도 고민들에 줄을 달아서 풍선처럼 띄워두고 테니스공을 쫓아다니며 잠시 숨을 돌린다. 네게 산책이 그렇듯 나도 내게 효과적인 방법을 찾은 것 같아서 다행스러워.

모두들 이렇게 자기만의 방법이 있겠지? 한 명도 빠

짐없이 모두에게 다 있으면 좋겠어, 그게 무엇이든. 건강한 방식이면 더 좋겠지만, 가끔은 술 한잔에 그냥 잊어버리고 싶고 담배 연기 한 모금 뱉어내며 고민이 그 연기처럼 사라지길 바랄 때도 있잖아. 집에 들어가는 길에 술 한잔하거나 담배 한 대 태우는 것도 때로는 나쁘지 않다고 생각해. 담배는 백해무익하다고들 하지만 어떤 날에는 필요한 것 같아. 물론 아주 가끔 말이지. 내가 담배를 피우지 않아서 더 관대하게 생각하는 걸지도 모르겠지만, 오늘만큼은 그 마음이 조금은 이해된다.

　　최근에 일이 좀 있었어. 친구 아버님의 부고를 듣고 급히 장례식장에 다녀왔는데, 그 친구와는 초등학교 4학년 때부터 친하게 지냈던지라 학교 끝나고 친구 집에 들렀을 때 가끔 아버님 뒷모습을 봤던 기억도 나. 연세가 아직 칠순이 안 되셨고 병이 있다는 걸 알게 된 지 얼마 안 되어 돌아가셔서 친구가 많이 힘들어했어. 가족도, 당신 본인조차도 준비할 시간 없이 그렇게 빨리, 홀연히 가버리셔서 얼마나 마음이 아팠는지 몰라. 사랑하는 사람들에게 진정 내 마음을 전해야겠다고 깨닫기도 전에 맞이한, 준비 없는 이별. 그게 이렇게나 매정하고 야속할 수가 없더라. 깊은 슬픔에 빠진 친구에게 내가 해줄 수 있는 건 새벽녘 라디오를 끝내고 달려가 함께 앉아서 이야기를 나누는 것뿐이었어.

그렇게 친구에게 위로를 전하고 먹먹한 마음으로 장례식장을 나서서 주차장까지 걸어가는데, 갑자기 그 거리가 꽤나 멀고 무섭게 느껴지는 거 있지? 마치 여행 가서 처음 지나가는 낯선 곳을 걸을 때, 그 길이 너무나 멀고 아득해 보이는 것처럼 말이야. 그날 가로등마저 없었더라면 주차장에서 차를 찾기가 정말 어려웠을 거야. 그냥 뭐라고 설명할 수 없이 무서웠거든. 그래서 드문드문 서서 빛을 내고 있는 가로등이, 나에겐 길 잃은 여행자에게 방향을 알려주는 북극성처럼 느껴졌어. 왜인지 모르게 의지가 되더라.

차를 겨우 찾고는 한참을 앉아 생각했어. 그리고 집에 돌아오는 내내 운전을 하면서도 이 생각뿐이었어. '내일 내가 죽는다면, 오늘의 나는 어떨까?'

현생과 떼려야 뗄 수 없는 것인데도 내 얘기가 되는 걸 끊임없이 거부하게 되는 것. 평소 죽음에 대해 생각하는 걸 꺼리는 편인데다 삶의 환희와 즐거움에 초점을 맞춰 살아도 시간이 모자라다 생각하는 내가 거의 살면서 처음으로 '내일 내가 죽는다면' 하는 상념에 빠졌지. '내일 내가 죽는다면, 오늘의 나는 어떨까?' 곰곰이 생각해 봤는데 아마도 가장 큰 비중을 차지하는 감정은 후회가 아닐까 싶어. 대략 이런 것들을 후회하겠지.

부모님에게 미안하다 고맙다 말하지 못했던 것, 하루하루 시간을 낭비한 것, 자존심 때문에 먼저 사과하거나 사랑한다 말하지 못한 것, 누군가를 원망하는 데 시간을 빼앗긴 것, 집념을 가지고 뭔가에 깊게 몰입해본 일이 별로 없었던 것……

하나하나 정말 후회막심한데, 그러고 보면 죽음만큼 무서운 게 후회가 아닐까 싶어. 다시 보니까 되게 뼈아픈 것들이지만 앞으로 내 의지에 따라 달라질 수 있는 부분들인 것 같아 그나마 위안이 된다.

신이 인간에게 영원을 주지 않은 건 유한하기에 인생이 더 아름답단 걸 알려주기 위해서일 텐데, 인간은 늘 영원히 살 것처럼 매일을 산대. 이런 이야기를 적고 보니 삶의 의미가 더 공고해지고 동기부여가 되는 부분들이 있네. 참 아이러니하다. 죽음을 생각할 때 비로소 살아야 할 이유들이 더 분명해진다는 게 말이야.

넌 예전부터 죽음에 관심이 많았던 걸로 기억하는데, 그래서 네가 철이 일찍 들었나 싶어. 아무래도 눈앞에 있는 것이 아닌, 그 너머에 있는 것들을 보려는 사람들이 생을 더 귀하게 여길 줄 아는 것 같아.

　내일 죽는다고 생각하니 갑자기 지금 우리집 베란다로 들어오는 햇빛이 너무나 아름다워 보여. 생명과 인격을 부여받은 것처럼 생동감 넘치게 반짝거리네. 생각해보니 햇빛은 매일 태어나고 죽는구나. 이른 아침 응애 소리를 뱉어내듯 붉게 타올라서, 싱그러운 젊음처럼 눈부시게 작열하며 한낮을 살고, 저녁노을이 되어 서서히 소멸하니까. 우리 곁에 탄생과 죽음이 늘 함께한다는 걸 지금 이 글을 쓰면서 또 한번 깨닫게 된다.

　오늘은 오랜만에 아주 깊고 무거운 이야기를 꺼내놓았네. 그래, 이런 날도 있어야겠지. 가끔은 내 감정의 평균율 밑으로 내려와 차분하고도 고요한 하루를 보낸다. 이쯤에서 일찍 철든 친구의 죽음에 관한 고찰도 한번 들어보고 싶구나.

　내일 죽는다면 오늘 너는 어떨까?

　　　　　　　　저녁노을이 다르게 보이는 오늘, 세진이가

윤
주

×

나는 매일 메모장에 적어둔 꿈을 읽으며
아침을 시작해

×

세
진

햇빛은 매일 태어나고 죽는다니, 너무 아름다운 말이다. 문득 우리의 인생을 햇빛에 비유하면 어느 시간대의 햇빛일지 궁금하네. 한낮을 지나고 있는지, 작열하다 한풀 꺾여 초저녁에 들어서고 있는지. 어디쯤에 와 있든 삶이 지루하고 마음이 복잡할 땐 오늘이 나의 마지막날인 것처럼 살면 좋겠어. 그럼 너도 그랬듯, 지금까지와는 다른 무언가가 보이고 느껴질 테니 말이야.

음…… 내가 내일 죽는다면 우선 아침에 일찍 일어나서 깨끗하게 집 정리를 할 거야. 최대한 뒷정리가 쉬워질 수 있도록 버릴 건 다 버리고 중간중간 보물찾기하듯이 재밌는 쪽지도 남겨두면서. 그러고는 단골집에 가서 밥을 먹고 싶은데, 딱 떠오르는 단골집이 없다! 우선 내일부터 단골집을 만들어야겠어(이 와중에도 내일 내가 죽지 않는다는 생각을 하는 게 진짜 아이러니하네). 삼겹살과 김치. 그래, 이게 좋겠다. 맛있게 먹고 아이스 초코 한 잔 마시며 내가 좋아하는 사람들한테 전화나 한 통 하지 뭐. 평소와 다름없이 시답잖은 이야기를 나누다가 저녁식사는 가족들과 함께하고 싶어. 이런저런 이야기 좀 나누다가 마지막으로 한강을 산책하며 혼자만의 시간을 충분히 갖고, 집에 와서 푹 잠자듯이 떠났으면 좋겠어. 사랑하는 사람들과, 그리고 나 자신과도 인사할 시간을 가

나는 매일 메모장에 적어둔 꿈을 읽으며 아침을 시작해

질 수 있다면 얼마나 감사한 마지막 순간이겠어. 그래서 나는 내가 내일 죽는다는 걸 알게 된다면 슬프지만 좋을 것 같아.

예전에, 밤늦게 한강에서 시신을 본 적이 있어. 경찰 차와 과학수사대까지 와 있길래 무슨 일이지 싶어 차에서 내려서 봤는데 물에 젖은 채 힘없이 축 늘어진 사람이 있더라.

'왜 죽었을까?'

그 생각이 꽤 오랜 시간 동안 머릿속을 떠나지 않았어. 생각해보면 그 순간에도 무섭다기보다는 슬펐던 것 같아. '아무리 힘들어도 살아야지. 삶을 포기하는 건 나를 사랑한 모든 사람의 마음까지 죽이는 행위야'라고 그때나 지금이나 변함없이 생각하지만, 내가 어떻게 그 사람이 겪고 있던 고통 중 단 하나라도 제대로 알 수 있겠어. 사랑하는 사람들의 얼굴을 떠올릴 수조차 없을 만큼 괴로운 순간이었겠구나 생각하니 마음이 내려앉더라. 살아온 날들 중에는 분명히 행복한 날들도 있었을 텐데. 그 기억이 마지막 순간에 단 하나라도 떠올랐다면 달라졌을까 하는 생각도 들고. 얼마나 외로웠을까 하는 생각도 들고.

어릴 적부터 나는 죽음이 늘 가까이 있다고 생각했어. 잠을 자다가, 길을 걷다가, 여행을 다니다가…… 언제든 찾아올 수 있다고. 그러니 갑자기 죽는다 해도 이상하지 않겠단 생각을 하며 살았어. 지금도 마찬가지고. 우린 언젠가 모두 떠난다는 걸 알고는 있지만 당장 내 일은 아니라고 생각하잖아. 뭐 언젠가, 나중에. 그렇게 죽음의 순간을 마음에서는 밀어내고 있지만 사실 한 걸음 한 걸음 우리는 다가가고 있어. 태어난 순간부터 계속. 그래서 장례식장에 가야 할 일이 점점 많아진다는 건 어른이 되어가고 있다는 의미가 아닐까 싶기도 해.

평소에 집을 깨끗하게 사용하려는 이유 중 하나도 나의 마지막 순간이 언제일지 몰라서야.

죽음에 관한 이야기를 하다보니 예전에 꾸었던 꿈이 생각나.

2020년 1월 18일
눈이 부시도록 밝은 빛이 보인다. 천국이다.
내가 있는 이곳과 천국 사이에 긴 계단이 있다.
친구의 마지막 떠나는 길을 배웅한다.
천국에 가보고 싶었다며 마냥 신나 보이던 그 친구도

나는 매일 메모장에 적어둔 꿈을 읽으며 아침을 시작해

어느새 눈물을 흘리고 있다.

　―갈게요, 고마워요. 그런데 원래 이렇게 많은 사람이 인사해주는 거예요?

　사람들이 쉼없이 손을 흔들며 인사한다. 친구도 우리를 보며 한참 손을 흔들다 밝은 빛 안으로 천천히 사라진다. 모두 울고 있지만 모두 웃으며 손을 흔든다.

　평평 울며 잠에서 깨서는 한참 동안 어두운 방에 앉아 있었어. 혹시나 주변에 무슨 일이 생긴 건 아닌지, 새벽에 온 문자는 없었는지, 뉴스 기사들까지 찾아봤는데 다행히 아무 일도 없었어. 한숨 돌리고 다시 누워 생각해보니 슬픈 꿈은 맞는데 한편으론 참 따뜻하더라. 정말 마지막 인사를 해야 할 때 이런 기분이면 얼마나 좋을까 싶을 만큼.

　사랑하는 사람을 떠나보내는 건 너무나 두렵고 생각만으로도 마음 아픈 일이지만 어차피 우리 모두가 겪어야 할 일이라면 떠나는 순간까지 사랑하는 사람들과 더불어 최선을 다해 행복하게 살았으면 좋겠어. 후회와 아쉬움이 조금이라도 덜하게 말이야.

　시간이 지나도 선명하게 떠오르는 꿈들이 내겐 참 많아. 기억하고 싶은 꿈이라면 어떻게든 깨어나자마자 적어두다보니 더 오래 기억에 남는 것 같기도 하고. 너도 알다시피 난 거의 하루도 빠지지 않고 매일 꿈을 꾸잖아. 무섭고 잔인하고 아름답고 슬프고 즐겁고, 색채가 화려하기도 하고 흑백이기도 하고. 아, 심지어 친절하게 자막이 있을 때도 있어. 그리고 무슨 의미인지 모를 꿈들까지.

그래서 나는 거의 매일 적어둔 꿈을 다시 읽어보거나 기억에 남아 있는 꿈을 복기하며 아침을 시작해. 그리운 사람들이 와준 날에는 반가움과 슬픔에 울기도 하고 가족이나 가까운 친구들이 나온 날에는 혹시나 하는 마음에 가볍게 연락하기도 해. 의미를 모르겠는 무섭거나 잔인한 꿈일 땐 해몽을 검색해보기도 하는데, 어떻게 검색해야 할지조차 알 수 없는 어려운 꿈들은 최대한 긍정적으로 생각하려고 해. 아니면 차라리 그냥 개꿈이라고 생각하고 넘겨버리려고 하든가. 그래도 마음이 불편할 땐 그날 하루를 조금 더 안전하게 살아보려 노력하기도 하지. 꿈을 적어두는 메모장을 한번 쭉 읽어봤는데, 기억에 선명하게 남아 있는 꿈이 또하나 있어. 이날도 잠에서 깨어 한참을 울다가 적어뒀네.

2018년 3월 27일
이틀 내내 대가족이 나왔다.

가족 외에도 굉장히 여러 사람이 나왔지만 꿈의 마지막은 할아버지였다.

사람이 북적한 부엌 옆, 문도 없는 방에서 할아버지는 조용히 약주를 드시고 있다.

너무 외로워 보여 말동무나 해드리려 자리에 앉았는데 이미 내 앞에 있는 잔이 채워져 있다. 누군가 오기를 기다리신 걸까. 머리를 쓰다듬어주시며 고마워하신다.

앉자마자 오래전 이야기들을 꺼내신다.

–네가 어렸을 적에……

–네 엄마가 어렸을 때는……

우리에겐 말하지 않았지만 모든 걸 다 기억하고 계셨구나. 매일 이곳에 앉아 옛날을 추억하고 계셨구나. 술이 채워진 잔이 내내 먹먹하다.

이 꿈을 꾼 지 4년이 지났지만 할아버지가 계셨던 그 방이 참 작고 조용했다는 생각에 또 마음이 저릿해. 꿈속에서 울다가 잠에서 깼는데 목구멍이 뜨겁도록 슬픔이 이어졌던 걸 보면 내 마음 어딘가에 그리운 감정들이 조금씩 조금씩 쌓여 이런 꿈으로 만들어지나봐. 평소에는 잘 모르고 지내다가 이렇게 뜬금없이 만나서 웃는 얼굴을 보면 한동안 힘들긴 하지만 너무 반갑고 고마워, 이렇게라도 만나면.

천국에서 잘 계시는구나, 우리 할아버지.

잘 있구나, 보고 싶은 내 친구들.

언젠가 매일 꾸던 꿈이 일주일에 한 번, 몇 달에 한 번, 몇 년에 한 번으로 줄어들지도 모른단 생각을 해. 꿈 때문에 숙면을 취하지 못해서 지금은 피곤하기도 하지만 그냥 검은 화면이 떠 있는 밤을 보내게 될 수도 있다고 생각하니 더 꾸준히 기록하고 싶어. 꿈이야말로 정말 나만 겪은, 나만 할 수 있는 이야기잖아. 잘 기록해두고 언젠가 김윤주의 음악으로 풀어봐야지. 제임스 캐머런이 악몽에서 영감을 받아 〈터미네이터〉를 만든 것처럼 나도 노래로 잘 만들어볼게. 기대해줘!

그럼 또 새로운 영감을 받으러 떠나볼게. I'll be back……

머리맡에 팝콘이라도 둬야겠다 싶은 윤주가

나는 매일 메모장에 적어둔 꿈을 읽으며 아침을 시작해

2부

우리의 하루하루가

아름다운 그림이 되길

세
진

×

어떤 날의 나에게 화살 하나를 주고 싶은 밤이야

×

윤
주

오늘은 어린이날이야. 요 며칠 비가 억수같이 내리더니만 오늘은 다행히 날이 좋구나. 1년에 딱 한 번 있는 어린이날인데 오늘 같은 날마저 비가 추적추적 왔다면 날씨까지 동심을 파괴하는 느낌이라 대단히 서운했을 거 같아. 오늘 날씨가 화창한 것이 이리 고맙게 느껴질 이유가 있을까 싶으면서도 왜 이리 마음이 쓰이는지. 나도 참 별나다.

지난 어린이날에는 우리가 인스타 라이브 방송 하면서 어릴 적 사진도 보여주고 일기도 읽어주고 재미있었던 일화도 말해주고 그랬잖아. 근데 이상하게 난 사람들한테 얘기해주고 싶은 유년 시절 추억이 많지 않더라. 아마 좋지 않은 기억들이 먼저 떠올라서가 아닐까 싶어.

내가 어릴 때 우리집은 부모님이 맞벌이를 하셔서 나나 내 동생 모두 제대로 된 케어를 받고 자라지 못했어. 방임된 채로 어린 시절을 보냈는데, 그때는 부모님이 모두 생활 전선에 뛰어들어서 아이만 남겨두고 일을 하러 가시는 날들이 적지 않았거든. 그래서 나의 유년 시절엔 쓸쓸하고도 버거운 날이 꽤 많았어. 어린 나이에 받아들이기 힘든 버거움이었던 것 같아. 지금이라면, 아니 내가 그렇게 어리지만 않았다면 조금은 버티기 쉬웠을 텐데, 그때 나는 너무 작은 어린아이였지. 새벽에 잠에서 깼는데 엄마 아빠가 없어서 할머니한테 울면서 전화했던 일, 엄마 아빠가 일하러 간 며칠 동안 동생과 둘이서만 지낸 일, 단 한 번도 비 오는 날 엄마가 마중나와준 적이 없어 서러웠던 일…… 정서적 욕구가 채워진 적이 없는, 외로운 날들이었어. 그래서인지 난 커서도, 아이들이 힘들고 슬픈 걸 보면 눈물을 못 참겠더라(영화 〈가버나움〉도 보고 싶은데 그래서 아직 못 봤어). 아이를 갖는 일에 대해 그다지 긍정적이지 않은 것도, 구김살 없이 잘 자란 사람을 보면 부러움 섞인 호감을 갖는 것도, 아마 그런 이유에서일지 몰라. 이 이야기를 엄마나 아빠가 읽는다면 마음 아파하거나 나를 야속하게 느낄 수도 있겠다. 하지만 지금 생각해봐도 내가 방임 속에서 자랐다는 사실은 바뀌지 않을 것 같아. 그나마 목사 부부였던 외할머니 외할아버지 밑에서 물질적, 정신적, 신앙적인 지원을 받으면서 그분들의 신념과 사랑 안에서 자라 별 탈 없이 잘 컸지만, 그분들의 지지가 아니었다면 나는 지금과는 완전히 다른 삶을 살았을지도 모르겠다는 생각이 들어.

　　예전에 기사에서 흥미로운 연구 결과를 하나 봤어. 1950년대 당시 하와이의 카우아이섬은 주민 대부분이 범죄자와 알코올중독자인 열악한 곳이었고, 청소년의 비행 역시 심각한 수준이었대. 그런데 어떤 심리학자가 소아정

신의학, 사회복지학 등 다양한 분야의 학자들과 함께 카우아이섬 아이들이 성장하는 과정을 연구하기 시작한 거야. 그게 바로 '카우아이섬 종단연구'야.

카우아이 종단연구팀은 1955년 카우아이섬에서 태어난 800여 명의 신생아들을 40여 년 동안 추적 조사했어. 그중에서도 고아 혹은 범죄자의 자녀 등 열악한 환경에 처한 200여 명을 고위험군으로 분류하고 집중 조사를 한 결과, 주목할 만한 사실을 발견했대. 이 고위험군에 속한 아이들 중 3분의 2는 학교생활에 적응하지 못했고 성적이 부진했으며 성인이 될 쯤엔 범죄자 등 실제로 사회 부적응자가 되어 있었다고 해. 하지만 나머지 3분의 1은 어려운 환경 속에서도 배려심과 자립심, 뛰어난 능력까지 갖춘 이상적인 어른으로 성장했대. 그 아이들은 어떻게 좋은 어른으로 자랄 수 있었을까? 왜 이런 차이가 발생했는지 이들을 대상으로 학자들은 연구를 이어가 마침내 그 아이들의 공통점을 발견했어. 바로, 어떠한 일이 있더라도 아이를 신뢰하고 아이의 편이 되어 이해해주는 어른이 적어도 한 명은 곁에 있다는 거였어. 그 사람이 엄마든 아빠든, 할머니, 이모, 삼촌이든 심지어 가족이든 아니든 간에, 아이가 정서적으로 기댈 수 있는 언덕이 있었다는 거지. 와…… 정말 놀라운 결과였어. 아무 조건 없이 믿어주

어린 날의 나에게 화살 하나를 주고 싶은 밤이야

고 용기를 주는 사람이 단 한 명만 있어도 인생이 불행에 빠지지 않을 수 있다는 게 증명된 거잖아. 물론 열악하고 힘든 환경 속에서도 자신만의 긍지를 갖고 잘 자란 사람들도 찾아볼 수 있고, 좋지 않은 환경에서 자란다고 모두가 나쁜 선택을 하는 건 아니지만 말이야.

이런 연구 결과가 아니더라도 생각해보면 내게 의미 있는 사람이 보내주는 무조건적인 지지와 응원은 정말 다 포기하고 싶을 때도 마지막 힘을 이끌어내는 최후의 한 방 같아. 혼자 헤쳐 나갈 힘이 모두 떨어졌을 때, 다른 사람에게 받은 응원과 지지가 마음속에서 하나로 모아지며 그 목표를 향해 더 힘을 낼 수 있도록 기회를 주기도 하잖아. 내게는 그게 목표를 겨냥할 수 있는 화살 하나를 쥐여주는 것처럼 느껴져.

나조차 나를 믿지 못할 때도 나를 믿고 지지해주는 사람이 있다는 걸 생각하면 힘든 상황에서도 시도해볼 힘이 생기고 그 힘으로 다시 일어설 수 있으니, 어릴 때부터 그 화살을 얼마나 가졌는지가 아이에게 영향을 줄 수밖에 없을 것 같아.

성경에 나오는 '달란트의 비유'처럼 의지와 상관없이 누구나 운명적으로 화살을 가지고 태어난다면 어떤 아이는 화살을 충분하고도 넘치게, 어떤 아이는 적당하게, 어떤 아이는 모자라게 그리고 어떤 아이는 단 한 발의 화살만 가지고 태어날 수도 있겠다고 생각했어. 그러니 성인이 된 우리가 아이들에게 해줄 수 있는 건 그 아이들이 화살을 하나라도 더 가질 수 있게끔 도와주는 일인 것 같아.

이 글을 쭉 쓰다보니 어릴 적 내게 주어졌던 화살은 몇 개였으며 어른이 된 지금의 나는 필요한 이에게 화살을 기꺼이 내어줄 수 있는 사람인지 생각해보게 돼. 내가 줄 수 있는 화살은 곧 누군가를 향한 진심어린 응원과 지지, 말과 글, 마음 같은 것일 텐데, 그동안 내가 누군가에게 그 화살을 건네준 적이 있었는지, 진심이 들어 있었는지도 곰곰이 떠올려보게 된다.

서른여덟의 5월 5일, 오늘은 내 기억 속에 그 어느 때보다 빛나고 화창했던 어린이날이자, 마음이 무거웠던 어린이날로 기억될 것 같아. 어린 날의 나에게 화살 하나를 주고 싶은 밤이야. 많이 늦었지만 오늘은 쉬이 잠이 오지 않을 것만 같다.

내가 가진 화살을 세어보며 세진이가

윤
주

×

오늘 엄마의 일기에는
뭐라고 적혀 있을까

×

세
진

믿고 의지할 수 있는 어른이 단 한 명이라도 있다면 결코 불행한 유년 시절을 보내지 않을 거란 말, 너무 공감돼. 범죄자들의 개인사를 다룬 기사에 늘 비슷한 말이 있었던 것 같거든. 학창시절 자신을 무시하던 선생님 때문에 괴물이 되었다는 말. 나쁜 짓을 해야지만 겨우 한 번 관심받았다는 말. 하지만 그렇게 해도 아무도 자신을 혼내지 않았다는 말. 난 이 말이 참 슬프더라. 아이가 자기 한 번 봐달라고 수단과 방법을 가리지 않고 표현했지만 결국 거절당한 거잖아. 그렇다고 그 사람이 저지른 범죄들이 정당화될 수 있는 건 절대 아니지만, 그들의 이야기에 귀 기울여줄 단 한 명의 어른이 있었더라면, 그들은 정말 달라질 수 있었을까 하는 안타까움이 생기긴 해. 너의 말처럼 어른인 우리가 무엇을 줄 수 있을지 고민하게 된다. 외롭고 슬픈 이름 모를 누군가의 마음에 잠시 머물며 응원과 위로를 줄 수 있는 음악을 만들어야겠다는 생각도 함께 드네.

오늘은 아빠 생신을 맞아 가족사진을 찍었어.

이전 가족사진을 언제 찍었는지 찾아보니 20년도 훨씬 넘었더라. 그때는 아빠, 엄마, 언니와 나, 네 명 모두 얼어붙어 웃는 건지 우는 건지 알 수조차 없는 표정을 지어

오늘 엄마의 일기에는 뭐라고 적혀 있을까

서 흑역사를 남겼거든. 그래서 부디 이번만큼은 조금 더 편히 웃으며 찍고 싶어서 방법을 고민하다가 문득 우리 〈still a child〉 앨범 커버가 떠오르더라. 여전히 카메라를 무서워하는 나도 카메라 리모컨을 들고 직접 사진을 찍으니 겁날 게 없더라고. 그래서 이번엔 우리끼리 찍어보자고 마음먹었지.

아이가 있으면 집안 분위기가 달라진다더니, 조카 강재엽이 하도 소리를 지르며 신나게 사진을 찍어대서 귀에서 피가 흐르는 것 같았어. 다섯 살의 텐션은 높아도 정말 너무 높다…… 가족사진 하나 찍는 데 모두 땀을 뻘뻘 흘린 건 무엇 때문이었을까? 그치만 그 덕에 재밌는 사진이 많이 남았어. 차분하고 고급스러운 미소를 띤 채 서로의 어깨에 손을 얹은, 전형적인 우아한 가족사진은 단 한 장도 건지지 못했지만 전형적이지 않은 가족사진은 잔뜩 찍었지. 대성공이었어.

아무래도 사진을 찍으러 올 일이 많지 않다보니 엄마 아빠가 마음먹은 김에 영정사진까지 찍고 싶다고 하시더라. 증명사진과 별다를 게 없는 사진인데 단어가 갖고 있는 기운이 좀 무거웠어. "그런 걸 뭘 벌써 찍어"라고 했지만 하루라도 더 젊고 건강할 때 찍는 게 좋으려나 싶기도 하고, 시간이 지나 정말 필요해서 찍게 된다면 많이 슬플 것 같다는 생각도 들더라. 그저 사진일 뿐이니까 활짝 웃으실 수 있게 앞에서 열심히 재롱을 부렸어. 되도록 아주 나중에, 무슨 영정사진을 저렇게 젊을 때 찍었냐고 얘기할 수 있을 만큼 오래오래 건강하시면 좋겠어.

아이를 낳아 부모가 되면 그제야 부모님의 마음을 아주 조금 이해할 수 있다고 하잖아. 그런데 나는 아직 부모가 되지 않아서인지 언니와 나를 낳아 키우던 때의 엄마 아빠보다 나이가 든 지금도 책임감 없는 아이인 것만 같아. 그 젊은 두 남녀는 어떻게 그렇게 가족을 위해 희생하며 살 수 있었을까? '이제 애들도 다 컸으니 우리 좀 쉬어볼까요' 할 때가 되니 부모님은 어느새 일흔이 됐네.

어렸을 땐 '회사'라는 곳이 그저 안정적인 곳일 거라 생각했어. 그렇게 불안하고 치열한 곳일 줄은 전혀 몰랐지. 〈미생〉을 보고 나서야 아빠 역시 매일 가슴에 사직서를 품고 출근하는 직장인이었겠다는 생각을 했어. 왜 그렇게 술을 많이 드셨는지, 왜 그리 주말마다 쓰러져 주무셨는지. 그땐 그냥 '우리랑 놀기 싫은가' 정도로만 생각했는데 말이야.

일곱 살 때쯤이었나, 하루는 술냄새 가득 풍기며 귀가한 아빠가 새파란 스머프 인형 두 개를 사 왔던 기억이

오늘 엄마의 일기에는 뭐라고 적혀 있을까

나. 근데 그 인형이 내 키보다 훨씬 커서, 새벽에 화장실에 가다가 변기에 앉지도 못하고 화장실 문 앞에서 실례를 할 뻔했지 뭐야. 하얀 모자를 쓴 커다란 스머프 둘이 사천왕처럼 화장실 앞에 서서 나를 바라보고 있었거든. 잠결에 화장실 가다가 기겁할 우리를 걱정한 엄마가 다음날 버렸던 것 같아. 대체 이런 걸 왜 사 오냐며 혼나던 아빠의 모습도 아련하게 떠오른다. 또 어떤 날은 전기구이 통닭을 양손에 들고 아파트 단지 안을 휘청휘청 걸어오던 아빠가 떠올라. 아마도 정말 고된 날, 힘든 일은 술 한잔으로 꾹꾹 눌러버리고 맛있게 먹을 딸들을 떠올리며 콧노래 부르며 사 오셨겠지. 당신이 열심히 일하는 이유는 '가족' 단 하나였을 테니까.

엄마의 하루는 매일 꽉 차 있었어. 새벽 기도로 하루를 시작해 바닥에 머리카락 하나 안 보일 정도로 깨끗하게 청소하고 우리에게 따끈한 아침밥을 차려주고 일을 나가. 돌아와서는 또 남은 집안일을 모두 끝내고서야 주무셨지. 게으른 모습을 본 적이 없어.

고등학생 때 친구 집에 놀러갔다가 싱크대 안에 쌓여 있던 설거지 거리들과 음식물 쓰레기를 보고 정말 놀란 적이 있어. 우리집에서는 한 번도 본 적 없는 광경이라 보면 안 될 걸 본 사람처럼 내가 급하게 설거지를 했어. 친구 어머니가 가정주부신데 어떻게 이럴 수가 있나 충격받았지(그날은 친구 어머니가 안 계셨어). 그런데 독립하고 나서야 알게 됐어. 식사를 끝내자마자 설거지를 하는 게 오히려 더 충격적인 일이라는 걸.

이제 엄마는 우리에게 너무 완벽하려고 애쓰며 살지 말라고 얘기해. 당신이 오랜 시간을 살아보니 그렇게까지 안 해도 된다는 생각이 드신 거야. 자식들은 더 편하고 여유 있게 살았으면 싶으신 거지. 취미생활은 고사하고 매일 쉬지도 않고 일했으니 참 힘드셨을 거야. 남들만큼 건강하시지도 않았으니 지금 아프신 건 어쩌면 당연한 일이었을까?

작년 봄, 이제 조금 여유가 생긴 부모님에게 노트랑 펜을 선물했어. 별거 아닌 일이라도 하루하루 기록하시면 좋을 것 같아서. 너무 고맙게도 매일 일기를 쓰고 계시나 봐, 절대 보지 말라고 얘기하는 걸 보니. 엄마는 옛날에 내 일기를 훔쳐본 것 같지만 나는 참아보겠어.

자주는 아니지만 엄마에게 편지를 받았던 기억이 나서 방금 어릴 적 받았던 편지들을 모아둔 상자를 찾아봤어. 초등학교 6학년 때 받았던 편지도 있네.

오늘 엄마의 일기에는 뭐라고 적혀 있을까

윤주야.

윤주를 생각하면 엄마는 늘 기쁘단다.

왜냐면 윤주는 아주 좋은 소질들을 가지고 있기 때문이야.

마음도 착하고 나보다 남을 더 생각하는(언니한테만은 가끔) 아주 좋은 품성을 가지고 있거든.

그런 윤주를 생각하면 엄마는 늘 미안한 마음이 있단다. 학교 끝나고 집에 돌아왔을 때 엄마가 없거나, 아무도 없는 집을 보며 윤주가 심심해하거나, 혼자 밥을 먹게 되는 경우가 있어서 말이야.

그러면서도 우리 윤주가 지금까지 잘해왔던 것처럼 또 잘해나갈 거라는 확신으로 엄마 스스로 위로받으려 한단다.

윤주야,

세상에는 내가 하고 싶지 않아도 해야 하는 일들이 생각보다 참 많단다. 그러니 무엇이든 기왕 해야 하는 거라면 더 즐거운 마음으로 하면 어떻겠니?

그리고 이제 사춘기라서, 친구들이나 선생님과의 관계에서 고민도 생겨날 것 같은데 혹시 엄마 도움이 필요하면 언제라도 SOS를 요청해. 즉시 달려갈게.

엄마가 윤주한테 미안한 것이 참 많다는 걸 이 글을 쓰며 더 느끼게 되는구나.

결국 윤주한테 잘 못한 부분이 많다는 거겠지?

　　윤주가 엄마한테 열심히 이야기하는데 제대로 듣지 못한 때가 많았던 것, 정말 미안하게 생각하고 앞으로는 관심 갖고 경청하도록 고쳐볼게.

　　6학년이 된 지도 반년이 되어가는데, 남은 반년은 더 즐겁고 보람 있고 뜻깊은 시간으로 만들길 바란다.

　　사랑하는 딸, 머리끝부터 발끝까지 너는 사랑덩어리란다.

　　　　　　　　　　　　　　　　　　　　　엄마가.

　　편지를 읽으며 그런 생각이 들었어. 우리는 사랑하는 사람에게 늘 더 해주지 못해 미안한 마음을 갖고 있다고. 이미 모든 걸 다 해주고 있는데도 말이야(그나저나 굳이 엄마가 괄호 안에 '언니한테만은 가끔'이라고 쓴 걸 보니 나는 나의 아주 좋은 성품을 언니에게는 보여주고 싶지 않았던 것 같아).

　　어릴 때 "이건 뭐야?" "저건 뭐야?" 하고 하루에도 백 번 넘게 질문했지만 짜증 한 번 내지 않고 대답해줬던, 늘 우리가 건강하게 자라기만을 바랐던, 좋은 곳에 가거나 맛있는 것을 먹으면 우리를 가장 먼저 떠올렸던, 모든 게 느려도 조급해하지 않고 기다려줬던 부모님의 그 무조

　　　　　　오늘 엄마의 일기에는 뭐라고 적혀 있을까

건적인 사랑을 이제는 어른이 된 내가 돌려드려야 할 것 같아. 느려진 부모님의 걸음에 맞춰 걷고, 손을 잡아드리고, 좋은 걸 함께 보고, 늘 건강하시기만을 바라게 돼. 부모님에 비할 수는 없겠지만 그래도 내 마음이 전해질 수 있도록 자주 연락하고 찾아뵈어야겠다는 생각이 들어.

'죽음'과 '영정사진'이라는 단어가 무겁긴 했나봐. 참 많은 시간이 머릿속을 스쳐지나간다.

문득 오늘 엄마의 일기에는 뭐라고 적혀 있을지 궁금하네.

머리끝부터 발끝까지 사랑덩어리인 윤주가

작년 봄, 이제 조금 여유가 생긴 부모님에게 노트랑

펜을 선물했어. 별거 아닌 일이라도 하루하루

기록하시면 좋을 것 같아서.

너무 고맙게도 매일 일기를 쓰고 계시나봐,

절대 보지 말라고 얘기하는 걸 보니.

엄마는 옛날에 내 일기를 훔쳐본 것 같지만

나는 참아보겠어.

세
진

×

이상과 현실 사이에서 팽팽한 줄다리기를 하며

×

윤
주

엄마의 편지라니, 말만 들어도 눈물 버튼이 눌리는 구나…… 아무래도 내가 너희 어머님을 알아서 더 와닿고 찡한 마음이 드나봐. 그래, 모든 부모님이 다 같은 마음이겠지. 자기가 할 수 있는 모든 것을 해주면서도 항상 미안해하고, 당신이 잘하고 있는 건지 계속 되돌아보잖아. 자신의 최선이 너무 초라한 것 같아 미안하고, 아이를 향한 사랑의 크기에 비해 현실적으로 해줄 수 있는 것들이 한정되어 있어서 괜시리 분해지는 그런 거 말이야. 결국은 나도 부모가 되어봐야 알 수 있는 감정들이겠지만, 아마도 다른 차원의 무엇일 거라 생각해. 어머님이 보내신 편지의 마지막 즈음에 너를 '사랑덩어리'로 표현한 부분이 너무 귀여워서 웃음이 나더라. 흐흐흐, 김윤주 이런이런 사랑덩어리! 예전이나 지금이나 넌 언제나 사랑덩어리야.

이렇게 얘길 나누다보니, 역시나 부모가 된다는 건 생각만 해도 벅찬 일이란 걸 새삼 깨달아. 차라리 뭘 모를 때 부모가 된다면 정신없이 해나갈 수도 있을 것 같은데, 이게 얼마나 힘들고 포기해야 할 부분들이 많은 일인지 알고 나니까 선뜻 부모가 될 엄두가 나질 않네. 아니면 내가 아직 준비가 안 된 것일 수도 있고. 누군들 모든 준비를 마치고 부모가 되겠느냐마는, 만약 내가 부모가 된다면 최소한 내가 가진 현실적인 기준에서 아이를 보살필 수 있는 능력을 갖춘 뒤에 되고 싶다는 게 나의 솔직한 마음이야. 그런 의미에서 요즘 이런 생각을 종종 해. 내가 두 고양이의 보호자가 되어도 되는 걸까?

전에 유기동물 캠페인 화보 촬영하다 만난 고양이 있지? 털은 새하얗고 눈은 파랗고 나이는 열한 살, 사람 좋아하던 그 고양이 있잖아. 촬영 준비하는 내내 계속 그 고양이만 쳐다보면서 저 아이의 환심을 사려면 어떻게 해야 할지 머리를 굴렸는데, 생각보다 잘 안 되어서 특별한 인상은 못 남겼어. 그런데 그 아이는 내게 무언가를 남겼나봐. 촬영이 끝나고 나서도 계속 생각나고, 데려와서 돌봐주고 싶은 마음이 들더라. 살아 있는 생명체를 오로지 내 의지로 들이고 싶은 마음이 나이 서른아홉에 처음 들어서 나조차도 꽤나 놀랐어. 지금 우리집의 실소유주 분홍이(고양이, 여덟 살, 여)를 키우는 것만으로도 충분하다고 생각했었거든.

우리 중학생 때 IMF가 터져서 온 국민이 다들 힘들어했던 시절이 있었잖아. 그때 내가 살던 아파트 단지 뒷산에는 일주일에 한두 마리씩 강아지가 버려졌어. 어떤 아이는 목줄이 채워진 채로 나무에 묶여 있었고, 어떤 아이는 공포에 떨며 주인을 찾아 산속을 헤맸지. 버려진 지 얼마 지나지도 않아 야생에 적응해버린 개들도 있었어. 그 시기에 나는 독서실에서 공부를 마치고 집으로 돌아오는 길에 그런 강아지들을 한참 많이 봤는데, 한 1년 넘게 그랬던 것 같아.

그렇게 유기된 동물들의 표정엔 두려움, 공포, 허망함, 버려진 자기 처지를 자각한 듯한 슬픔까지 섞여 있어서 보는 나도 마음이 아파 눈물이 날 것 같았어. 거기에 버린 사람에 대한 원망과 탄식, 버려진 아이들이 혹여나 무슨 일을 당할까 싶어 걱정하는 마음까지 뒤섞여 혼란스러운 감정으로 집에 돌아왔다. 엄마는 뒷산을 산책하다가 그런 강아지들을 보면 데려다가 우리집에서 키우기도 하고 몇몇은 입양을 보내주기도 했어. 그렇게 우리집에 온 아이들이 불쌍하기도 예쁘기도 귀찮기도 했는데, 어렸을 때부터 그 아이들을 돌봐서 생명을 거두는 것이 얼마나 책임감이 필요한 일인지에 대해 제대로 알게 된 것 같아. 그래서 내가 더더욱 동물을 키우는 일에 큰 부담감을 느끼는 게 아닐까 싶어. 그게 응당 맞다고도 생각하고. 사람들이 동물을 키우려 할 때 예쁘고, 불쌍하고, 사랑을 주고 싶은 복잡미묘한 감정에 휩쓸려 입양을 결정하기보다는, 그 아이에게 현실적으로 어떤 것들을 해줄 수 있는지, 충분한 시간과 애정을 쏟을 수 있는지 깊이 생각해보고 결정했으면 해.

　나는 유기동물 캠페인 촬영에서 만난 이 아이에게 내가 어떻게 잘해줄 수 있을지, 그리고 이 아이를 데려오려면 어떤 집사가 되어야 할지 혼자 곰곰이 생각했어. 그런데 가장 중요한 건, 우리집 주인 분홍이가 이 아이를 받아들이는 것이더라고. 아까 얘기했듯이 우리집에서 최고 권력자는 분홍이거든. 고양이는 나이가 들면 합사가 꽤 어렵다고들 하는데, 분홍이와 그 아이는 왠지 잘 지낼 수 있을 것 같다는 느낌이 들더라. 결국엔 서로 친구가 될 거란 직감도. 그래서 입양기관의 조언을 얻어 바로 입양하지는 않고, 임시 보호를 먼저 해보며 둘이 잘 지낼 수 있을지 지켜보는 시간을 갖기로 했어. 그렇게 처음으로 임시 보호란 걸 했는데, 쉽지는 않았지만 정말 큰 의미가 있었지 뭐야. 그 고양이가 결국엔 우리집에서 잘살고 있거든!

　식구를 들이면서 자발적으로 책임감과 열심히 살아야 할 이유를 또하나 늘렸어. 이 세상에서 내 몸 하나 건사하는 것도 쉽지 않은데, 아이러니하게도 때로는 나 자신보다 내가 지키고 보호해야 할 대상 때문에 더 잘, 열심히 살고 싶을 때도 있으니까.

　하지만 이렇게 잘해보려 노력해도, 늘 그렇듯 현실과 이상은 갈 길이 제각기 다른가보더라. 시련은 첫날부터 시작됐는데, 새로 온 고양이가 정말 잠을 한 숨도 안 자고 거의 스물두 시간 동안 울어대서 나도 울면서 출근을 했다니까…… 퇴근하고 집에 와서도 아이가 계속 울어서 새벽 내내 잠을 못 이뤘어. 그렇게 한 일주일 정도 지냈던 것 같은데, 계속 못 자니까 정말 미쳐버리겠더라고. 다시 생각해도 정말 너무나 괴로웠다. 그 인고의 시간을 지나, 지금은 두 마리 모두 서로에게 잘 적응했어. 기특한 것들…… 앞으로도 잘 지냈으면 좋겠다. 이상과 현실이 그래도 이제 어느 정도는 엇비슷해진 것 같아.

그런데 '이상과 현실' 운운하니까 내가 마치 현실적인 사람이 된 것만 같네. 실제로 그런 사람이면 좋을 텐데 말이야. 내게 현실적인 사람은 약간 냉철하고 차가운 도시인의 이미지인데, 왠지 모르게 멋들어진 느낌이야. 나와는 정반대라고 생각해서일지도 모르겠다. 오랜 시간 동안 봐서 너도 알겠지만, 내가 울 엄마를 닮아서 그런지 소녀 감성이잖아. 그건 정말 장단이 명확한 것 같아. 명랑함과 악의 없는 순수함과 단순함이 혼재한다고나 할까? 명랑하게 꿈꾸지만 현실은 생각보다 어려워서 늘 시행착오를 겪어. 소녀 같은 내 모습이 참 좋다가도 불쑥불쑥 드러나는 어린애 같은 모습을 볼 때면 소녀 감성은 무슨, 죄다

갖다버리고 싶지. 그렇고말고.

　생각해보면 이상과 현실은 늘 붙어다니는 성격 다른 친구 같아. 둘은 인생이라는 범주 안에 공존하면서 늘 세트로 붙어다니잖아. 각기 고유한 속성은 무해한데 둘이 나란히 붙었을 때 한쪽이 너무 강해지면 균형이 무너지고 마는, 까다로운 친구 사이 같아. 그놈의 이상과 현실은 늘 팽팽하게 서로 줄다리기를 하는 상태여야지만 한쪽으로 치우치지 않고 삶의 균형을 맞출 수 있다고 생각하는데, 한편으로는 날 때부터 어느 한쪽을 더 많이 쥐고 태어나는 게 아닐까 싶어.

　중학교 1학년 때 내 적성검사 결과지를 보다가 꽤나 충격적인 단어를 발견했는데, '목가적'이란 단어였어. 그때 나에게는 너무 생경한 단어라 원래 의미처럼 어디 초원에서 양 치면서 소박하게 잘사는 느낌이 아니라, '몽상가'처럼 이상적이고 비현실적인 것에 지나치게 몰두한다는 의미처럼 다가왔달까? 지금 보니 오히려 소녀 감성과 결이 맞는 것 같기도 하다. 예전에 우리 외할머니가 나한테 "얘는 이렇게 태어났나보다. 돈 쓰는 모양새가 시원시원한 걸 보니까 나중에 돈을 많이 벌려나보다"라고 하셨던 기억도 나. 그 말씀 때문인지 난 내심 내가 하고 싶은 일을 여유롭게 하면서 돈도 많이 벌 거라는 근 거 없는 상상도 했거든. 그래서 늘 내 자신이 몽상가적 기질을 가졌다고 생각했던 것 같아.

참 어렵다. 너무 현실적인 것도 낭만이 없어 보이고, 너무 이상적인 것도 뜬구름만 잡는 것 같아. 서른아홉이 라는 나이에도 아직까지 갈팡질팡할 줄은 정말 몰랐어. 요즘은 다들 재테크다 뭐다 해서 주식도 하고 코인도 사 고 아파트 청약도 넣고 하나같이 잘 먹고 잘사는 현실적 인 방법을 모색하느라 바쁜 것 같은데, 그런 것에 이렇게 관심이 없어도 되나 싶어. 아마 안 되겠지…… 나이 먹어 서 집도 절도 없는 나그네처럼 살면 안 되는데, 나라는 사 람의 디폴트가 욜로인 건 비밀에 부쳐주라.

신세한탄은 이만하도록 하고, 나에 비해서 그래도 조금은 더 현실적이고 계획성이 있는 너에게 현실적인 삶 은 무엇인지, 어떤 개념일지가 궁금해진다. 저기, 조언 좀 해주세요, 내공 100 드립니다……

그럼에도 '목가적'이라는 단어가 꽤 맘에 드는 세진이가

이상과 현실 사이에서 팽팽한 줄다리기를 하며

윤
주

×

아무리 무모하다 해도
`용강한 낭만'은 놓치고 싶지 않아

×

세
진

그 내공, 받고 싶다.

현실적인 삶이란…… 나에게 약간은 재미없는 삶의 방식이야.

어릴 적부터 내 머릿속에는 임의로 그어놓은 어떤 선이 있었어. 헛된 꿈이나 세상 물정 모르는 생각을 하는 순간, 그 선을 절취선 삼아 재단기로 가차없이 잘라내서 그 선 위로는 어떠한 것도 남아 있지 못하게 하는 거야. 그런데 그렇게 다 잘려나가고 나니 현실적이고 재미없는 김윤주만 남아 있더라.

다른 사람들에 비해 현실에 두 발 딱 붙이고 살아와서 그런지 나와 성향이 다른 너에게 통장을 만들어야 한다, 돈을 모아야 한다, 잔소리도 참 많이 했던 것 같아. 현실적인 삶을 살면 이렇게 쓸데없는 오지랖도 저절로 장착되는 것 같더라. 그래도 요즘 집을 알아보는 너를 보며 더이상 예전의 박세진이 아니란 생각을 해. 열심히 공부하는 네 모습을 보니 마음이 놓이는구나, 껄껄껄.

마흔을 맞이하여 반대로 내가 뜬구름 잡으며 어디 초원에서 양 치며 살아볼까 싶은데, 역시 그건 더 나중으로 미뤄야 할 것 같아. 요즘 새로운 일을 시작했거든. 열심히 음악하는 친구를 도와주기로 했어. 도움을 주는 건지 내가 도움을 받는 건지는 여전히 모르겠지만 제작이라

아무리 무모하다 해도 '용감한 낭만'은 놓치고 싶지 않아

는 걸 하고 있어. 아무것도 모르던 우리와 함께해준 김소다 오빠처럼 힘이 되어주고 싶어서 시작했는데 잘하고 있는지 모르겠다. 그때 오빠도 이런 마음이었을까? 오빠도 우리처럼 싱어송라이터였잖아. 올드피쉬. 늙은…… 아니, 오래된 물고기.

본인의 음악 생활을 정리하고 제3의 옥상달빛 멤버라고 해도 과언이 아닐 정도로 우리보다 더 우리를 생각해준 프로듀서였기에, 힘이 되는 걸 넘어서 없으면 안 되는 존재였지. 지금도 마찬가지고. 함께하고 있는 친구 들레에게 내가 그 정도의 존재까지는 아니더라도 비빌 언덕이라도 되어줄 수 있다면 그것만으로도 좋을 것 같아.

어렵기도 하지만 새로운 일을 해보니까 재미있어, 공부도 되고. 그리고 '그동안 우리 참 편하게 살았구나' 하고 반성도 해. 어려운 일, 복잡한 일, 귀찮은 일 들은 거의 모르고 지냈잖아. 보이지 않지만 꼭 해야 하는 일들, 누군가 해결해주고 있는 일들이 생각보다 많다는 걸 알게 됐거든. 우리가 창작의 고통과 싸우고 있을 때 회사 식구들은 나머지 모든 일들과 싸우고 있었더라고. 참으로 고맙다, 매직스트로베리사운드.

아무튼 그렇다보니 요즘은 매일 '선택'하고 '결정'

하는 두 가지 일의 반복인 것 같아. 가볍게는 오늘 점심으로 뭘 먹을지 결정하는 것부터 작업하고 있는 들레의 앨범 커버와 믹스 상태를 살펴보며 선택하고 결정을 내려야 하는 일, 그리고 음악 외적으로 또 선택과 결정을 해야 하는 수많은 일과 그 결정에 뒤따르는 책임들까지. 내 결정에 확신이 있으면 결과가 좋지 않더라도 받아들일 수 있다고 생각해. 그런데 확신 없이 결정을 했는데 결과까지 좋지 않으면 그다음부터는 무언가 결정하기가 더 어려워질 수밖에 없는 것 같아. 나에 대한 확신도 사라지고, 자꾸 주변 사람에게 의지하게 되는 거지. 마치 그 사람만이 이 문제의 정답을 알고 있을 거라는 듯이 말이야. 다른 사람이 아닌 내가 정말 원하는 게 뭔지 알기 위해 매일 생각만 줄줄이 소시지처럼 달고 하루를 보내고 있어. 걱정이 면류관에 달린 구슬처럼 눈앞에 어른거려 앞이 잘 보이지도 않는다. 시행착오를 겪지 않고 가급적 한 번에 좋은 결정을 하고 싶지만 빠른 결정이 무조건 좋은 건 아니니까 천천히 오래 고민해보려고. 주변 사람들의 의견도 도움이 될 수는 있지만 선택은 결국 나의 몫이니까.

점심 메뉴 얘기가 나와서 생각난 건데 라디오에 오는 문자 중에 이런 고민이 참 많잖아.

'부서의 점심 메뉴를 정해야 해요. 스트레스가 너무

아무리 무모하다 해도 '용감한 낭만'은 놓치고 싶지 않아

심해요. 도와주세요.'

업무만큼이나 큰 부담으로 다가오는 것 같더라. 아니, 어쩌면 그보다 더 크게. 메뉴 선정 때문에 센스가 있다 없다 말도 많고 회사생활에까지 지장을 주는 곳이 많다고 하니 말이야. '모두의 음식 취향을 기억하고 점심 메뉴나 골라주려고 힘들게 이 회사에 들어온 건 아닌데'라는 생각이 들면 깊은 빡침과 우울에까지 빠질 수 있겠더라고.

가끔은 우리의 선택을 기다리고 있는 모든 일들을 밸런스 게임 하듯 결정할 수는 없을까. 한식 vs. 양식, 부먹 vs. 찍먹, 바다 vs. 산, 이런 것처럼…… 난 바다보다는 산이 좋아. 그래서 이야기가 산으로 갔나…… 아무튼 이렇게 좀 가볍게 생각하고 결정하면 좋으련만 사회생활이란 건 역시 쉽지가 않구나. 하……

원래 주제로 돌아가볼게! 이 편지 처음에 현실적인 삶이란 나에게 재미없는 삶의 방식이라고 이야기했었잖아. 떠오르는 영화가 있어.

〈사랑 후에 남겨진 것들〉이란 영화를 보면, 주인공 루디는 늘 아내가 싸주는 도시락을 들고 같은 길로 출근하고 퇴근해서, 늘 같은 곳에 모자와 옷을 걸어두고 늘 같은 잠옷을 입고 하루를 마무리해. 갑작스러운 아내의 죽음 후에도 그 일상은 한동안 유지돼. 모든 게 똑같지만 사랑하는 아내는 어디에도 없지. 그렇게 반복되는 일상에 괴로움을 느끼다 아내가 생전 이루지 못했던 꿈을 대신 이루기 위해 떠나는데, 나는 아내의 죽음 후에도 한동안 똑같이 이어지는 루디의 일상이 참 슬프더라. 다른 방식으로 살아보지 않아서 관성처럼 반복할 수밖에 없는 매 순간이 얼마나 괴로웠겠어.

루디의 일상처럼 늘 똑같던 내 일상이 달라지게 된 계기가 있어. 아마도 곡을 쓰기 시작하면서부터였던 것 같아. 전철을 타고 집에 가는데 하늘이 정말 예쁘게 물드는 중이었어. 평소 내리는 역까지 아직 한참 남아 있었지만 자리를 박차고 일어나 내려야겠다는 생각이 들었어. 문으로 걸어가는 동시에 '너 지금 빨리 가서 피아노 연습해야 하는데?' '내일 과제 많은데 괜찮겠어?' '너, 급행이 자주 오는 게 아니다?' 이런 생각들이 몰려들었지. 다음 역에 도착하기 전까지, 아니 도착해서 문이 열렸다 닫히는 순간까지 수십 번은 더 고민했던 것 같아. 결국 내리지 못하고 휴대폰에 ××역에서는 5시 50분쯤 예쁜 석양을 볼 수 있다고 적어뒀어. 오랜 시간이 지났는데도 그때의 기억이 선명하게 나는 건 고민 끝에 결국 내리지 못했기 때문이야. 아마 내렸다고 해도 "와, 진짜 예쁜데 진짜 춥다" 중얼거리며 바로 다음에 들어오는 열차를 타고 집에

아무리 무모하다 해도 '용감한 낭만'은 놓치고 싶지 않아

갔겠지만, '만약 그곳에 내렸다면 어땠을까? 혹시 뭔가 바뀌지 않았을까?' 하는 마음에 괜한 아쉬움이 남아 있나 봐. 그래서 그후에 비슷한 일이 생겼을 때(마음이 울컥하는 것들을 발견했을 때)는 큰 고민 없이 가던 길을 멈추곤 해. 예상대로 보통 오 분 정도밖에 즐기지 못하지만, 계획하지 않은 일들에서 오는 짜릿한 낭만을 알게 됐달까. 스무 살이 넘어 두번째 걸음마를 뗀 그런 기분이었어.

여행 얘기가 나오면 넌 자주 그런 질문을 하잖아. "갑자기 시간도 생기고 누가 티켓도 준다면 넌 어디를 가고 싶어?"라고. 나는 "아이슬란드!"라고 바로 말하고 싶지만 마음속에서 '그럼 라디오는?' '잡혀 있는 일들은?' 하는 메아리가 울려퍼져. 그리고 이렇게 자책하지. '그냥 재미삼아 하는 이야기에 왜 죽자고 달려드는 거냐, 나는.'

책임져야 하는 일들, 책임져야 하는 사람들이 많아지고 무언갈 쥔 손을 펴는 게 더 어려워지면서 이런 즉흥적인 생각과 행동들을 점점 '낭만'이 아니라 '무모함'이라고 생각하게 되나봐. 그런데, 아무리 무모하다 해도 '용감한 낭만'은 놓치고 싶지 않아. '용감한 낭만'은 결과를 앞서 생각하지 않고 우선 한 걸음 내디뎌보는 거야. 무모하다고 느껴질 수 있는 상황에서 용기가 발현될 때, 이런 시도가 설령 실패로 끝날지라도 점점 무뎌지고 굳어지는 마음을 부드럽게 만들어줄 수 있다고 생각하거든.

　이렇게 쓰면서 잠깐 돌아보니 그래도 나, 많이 변했다. 다른 길로 가보지 않았기 때문에 나의 일상이 재미가 있는 건지 없는 건지 의식하지도 못했던 때에 비해 변하려고 무던히도 애썼네. 나이가 들어서도 현실적인 생각들에 짓눌려 어떤 것도 하지 못하고 그 자리에 멈춰 서 있는 일은 없길, 아쉬움과 후회로 울고 있지 않길 바랄 뿐이야. 언제든 세번째 걸음마를 뗄 준비는 되어 있으니까.

아장아장 걷고 있는 윤주가

아무리 무모하다 해도 '용감한 낭만'은 놓치고 싶지 않아

세
진

×

오늘 같은 일요일은 정말 랜선하게 느껴져

×

윤
주

오늘은 아무 일도 없는 일요일이야. 난 하루종일 집 정리를 했어. 같이 살던 동생이 얼마 전 결혼해서 나갔거든. 진작 집 정리를 했어야 했는데, 미루고 미루다 드디어 오늘 대략적인 정리가 끝난 것 같아.

　그간 이렇다 할 바쁜 일도 없었지만, 그렇다고 아주 여유로웠던 건 아니라서 오늘 같은 휴일이 무척이나 달콤하다. 거기다 아침에 빗소리에 깼는데, 알고 보니 나뭇가지가 바람에 흔들리는 소리였어. 창문을 열자마자 바람이 부는데 당장이라도 소나기가 쏟아질 것 같더라. 일어나자마자 눈에 보이는 티셔츠와 모자를 뒤집어쓰고 비 오기 전에 얼른 빵을 사러 나갔다 와야겠다고 생각했어. 집 주변에 빵집이 있는데, 갓 나온 빵냄새만큼이나 맛있는 냄새가 또 없잖니. 아침부터 갑자기 빵이 먹고 싶어서 비 쏟아지기 전에 얼른 가서 몇 개 골랐는데, 어머나…… 2만 원어치나 샀네? 아침으로 간단하게 먹을 빵을 사러 간 건데, 워낙 손이 커서 말이야. 하하. 그래도 맛있게 먹으면 되지 하면서 비가 오기 전에 서둘러 집으로 돌아와서 빵을 맛있게 먹고 집 정리를 시작했는데, 하다보니 어느새 하루가 다 지나가 있네.

　정리를 마치고 달콤한 휴식을 즐기고 있으니 오늘 같은 일요일은 정말 괜찮게 느껴져. 똑같이 놀더라도 금요일 저녁, 토요일, 일요일의 느낌이 완전히 다른 거 알지? 금요일 저녁은 시간을 아껴서 놀아놔야 할 것 같은 느낌이 들고, 토요일은 제대로 노는 날이지. 일요일은 금요일과 토요일에 비하면 열기가 빠진 휴화산처럼 차분하고 별일 없이 보내기 마련이지만, 그 편안함이 사람을 여유롭게 만드나봐. 하루를 낭비하든 알뜰하게 쓰든, 누구의 눈치도 보지 않고 오로지 혼자 각자의 모습으로 휴식을 취하는 날이라는 게 참 마음에 들어.

에너지도 충전했겠다, 어젯밤 늦게까지 내내 붙들고 있던 글을 지우고 다시 써보려고 했는데 이야기에 알맹이가 안 잡혀서 그런지 잘 안 되네. 그 글은 잠시 놔두기로 하고 다시 편지로 돌아오기 전에 기분전환을 위해 거실로 나왔어.

평소 내 공간은 멀리서 대충 보면 나름 정리되어 있는 것 같지만, 자세히 보면 전에 네가 말한 대로 물건들이 '적당히' 잘 어질러져 있어. 거슬리지 않을 만큼, 딱 봐줄 만한 정도로. 살짝 묘사해보자면 이래.

잘 타지 않는 러닝머신 위에는 항상 내 잠옷이 걸려 있는데, 중요한 건 잠옷만 있다는 거야. 다른 옷들까지 걸어놓기 시작하면 그때부터 러닝머신은 세상에서 제일 비싼 행거가 되거든. 절대 거기 올라가서 운동할 생각을 안하게 돼. 그래서 잠옷까지만 거는 게 내 나름의 룰이야. 그리고 주방 아일랜드 식탁은 언제부턴가 화장대가 되었어. 서재의 책상 위엔 읽어야 할 책들이 급한 순서대로 올려져 있고, 옷방의 가방들은 한곳에 모여 있긴 하지만 아무렇게나 섞여 있어서 안쪽 가방은 이사갈 때까지 영영 못 멘다고 보면 돼. 대충 어떤 느낌인지 알겠지?

다시 돌아와서, 난 보통 글을 쓸 때 침대가 있는 안방에서 쓰는데, 오늘은 기분전환을 위해 거실 베란다 커튼을 다 열어젖히고 윤기나는 초록색 이파리가 무성한 앞집 감나무를 바라보며 이 편지를 쓴다.

우리집 바로 앞엔 이층짜리 주택 하나가 있고 그 건너편에는 고상한 빌라가 한 채 있어. 이사온 지 벌써 3년이 넘어가는 지금 새삼 이 집을 선택한 이유를 떠올려보니까 작지만 귀여운 베란다와 저 빌라의 정원이 보이는 바깥 풍경이 예뻐서였더라고. 네가 집에 몇 번 놀러왔을 때 이 풍경을 보고 예쁘다고 했던 기억도 나.

우리집은 언덕길에 있어서 나의 귀여운 베란다에서 건너편 빌라의 옥상정원이 보여. 그곳엔 아담한 소나무들이 옥상 전체를 빙 둘러서 심겨 있어. 해질녘 땅거미가 어스름하게 질 때면, 나의 작은 베란다는 마치 한 폭의 액자 같아. 그때 바깥 풍경을 보고 있노라면, 아주 잠깐이지만 르네 마그리트의 〈빛의 제국〉이 떠오를 만큼 운치가 있단다. 우리집 주차가 '헬'인 것도 잊을 만큼 말이야.

벌써 이 동네에서 산 지 3년이 넘었는데, 창문 너머로 보이는 그 옥상정원을 보면서 처음엔 '우와, 예쁜 정원이 건너편 빌라 옥상에 있네?'라고만 생각하다가 시간이 좀 지나면서는 '저기에 1~2년 동안 사람이 올라오는 걸 본 적이 한 번도 없네. 왜 안 보러 나올까?' 궁금해졌고, 지금은 '저 옥상정원을 누리는 사람은, 저기 사는 사람들이 아니라 바로 나일 수도 있겠다!'라는 생각이 들어. 참 웃기지? 남의 집 정원을 내가 누리고 있다고 생각한다는 게 말이야. 하지만 뭔가 긍정적이고 호기롭긴 하잖아? 근데 저렇게 예쁜 정원을 즐기는 사람이 정작 저 집에 사는 사람이 아니라는 사실도 꽤나 아이러니하다.

이 옥상정원은 나에게 세 가지를 알려줬어. 첫번째는 '남의 집 소나무도 나에게 위안을 줄 수 있다', 두번째는 '큰 그림은 멀리서 봐야 더 잘 보인다', 마지막 세번째는 '갖고 있는 것과 누리는 것은 다르다'.

첫번째로 '남의 집 소나무도 나에게 위안을 줄 수 있다'에서 '남의 집 소나무'는 무작위의 어떤 것을 의미해.

감성의 촉각을 세우고 있다면, 아니 그것까지도 필요 없고 그냥 둔감하지 않다면 의외의 것들에서 긍정적이든 부정적이든 무언가를 느끼고 얻을 수 있다는 뜻이야.

왜, 그런 날 있잖아. 퇴근길 한강 위로 기러기들이 열을 맞춰 브이 자 모양으로 날아가는 게 보이면 매일 봐온 광경인데도 어떤 날은 너무 감동적이라 눈물이 핑 돌아. 기러기들은 평소처럼 나는데 우연히 내가 그 타이밍에 창밖을 보고 뭉클해지며 뭔가를 느낀 거지.

비슷한 이야기로 얼마 전에 기사를 하나 읽었는데, 서울에 쌍무지개가 뜬 날 버스를 운전하시던 기사님이 쌍무지개 사진을 찍어보는 게 어떻겠냐고 승객들에게 물어보니 타고 있던 사람들 모두 좋다고 해서 잠깐 정차하고는 다 같이 무지개 사진을 찍었대. 상상만 해도 정말 낭만적이고 예쁜 그림이지? 시간이 지나서 다들 어른이 된 것뿐이지, 모두의 마음속에는 어린아이가 숨어 있구나 싶은 생각도 문득 들었어. 감성이 촉촉하게 살아 있는 기사님의 제안 덕에 삶에서 그냥 지나칠 수도 있는 멋진 순간을 다 함께 공유한 거야. 정말 부럽더라. 혹시나 나에게도 그런 순간이 찾아오면 잠시 동안만이라도 그 시간을 온전히 만끽해야겠다 마음먹었어. 그리고 내 감성도 다시 촉촉하게 살려봐야겠다는 생각도 들었고.

이런 멋진 우연으로 감성을 되찾을 수도 있지만, 너무 가까이, 항상 곁에 있어서 누리지 못하는 것도 있더라. 우리집에서 건너편 옥상정원까지는 거리가 좀 있어서 그 정원이 한눈에 들어오기 때문에 어떻게 생겼는지 알 수 있는데, 정작 그 빌라에 사는 사람들은 그곳을 한눈에 볼 수가 없어. 어느 정도 거리가 있어야 이게 삼각형인지 사각형인지 사다리꼴인지 모양새를 파악할 수 있잖아. 근데 그 안에서만 빙빙 돌고 있으면 알 수가 없지. 이게 바로 어른들이 '나무를 보지 말고 숲을 보거라'라고 말씀하시는 이유인가봐.

내가 어젯밤 원래 쓰던 글을 멈춘 이유도 그게 아닐까 싶어. 쓰기 전에 말하려는 주제에서 좀 멀찍이 떨어져서 내가 하고 싶은 얘기를 어떻게 전달할지, 과정과 키워드를 어떻게 이을지 한 번 떠올리고 시작했다면 어땠을까. 그러면 그 고생을 안 해도 됐을 텐데 말이지.

마지막으로 '갖고 있는 것과 누리는 것은 다르다'는 건 내 생활에서 절절히 느끼고 있어. 나는 어떤 물건을 사서 제대로, 100퍼센트 즐기고 누리는 일이 그리 많지 않은 것 같아. 아니, 100퍼센트는 바라지도 않고 한 70퍼센트만 되어도 좋겠어. 갖고만 있거나, 아주 대충 쓰는 물건이 너무 많아. 앞에서 말한 집에 있는 러닝머신도 제대로 쓴 기억이 별로 안 나. 분명 건강하게 잘 쓰면서 누릴 수 있는 방법이 있을 텐데 그냥 갖고만 있는 거야. 말하자면, 우리집 건너편 빌라 사람들이 소나무가 멋지게 둘러싼 옥상정원에 올라가는 날만큼이나 내가 러닝머신 위에 올라가는 날도 손에 꼽는 거지. 불쌍한 소나무…… 불쌍한 내 러닝머신……

쓰다보니 무엇이든 제대로 누리려면, 일단 귀찮은 걸 이겨내고 조금은 요란스럽더라도 성의 있게 접근해야겠단 생각이 든다. 어떤 면에선, 그냥 값을 지불하고 갖는 것이 누리는 것보다 훨씬 쉬운 일 같아. 건너편 남의 집 정원을 보며 떠올린 개똥철학에서도 나름의 깨우침을 얻은 것 같아 기분이 나쁘지 않구나.

방금 내가 가장 좋아하는 맥주를 한 캔 땄어. 지금 같은 시간엔 역시 '빅 웨이브'야. 한 모금 마셨는데 너무 맛있어서 순간 하와이로 이주하면 어떨까 생각했어. 오늘 같은 일요일에는 언제쯤 그런 날이 올까 막연하게 상상도 하게 되는구나. 참 편안해서 그런가봐. 편안하고 좋은 밤, 그것만큼 좋은 게 또 있을까?

그래서 말인데 〈푸른밤, 옥상달빛입니다〉의 공식적

인 밤 사랑 DJ인 너에게 밤은 어떤 의미일까 문득 궁금해지네. 너한테 밤은 어떤 의미니?

러닝머신보다는 맥주 한 캔을 누릴 줄 아는 세진이가

편안하고 좋은 밤,

그것만큼 좋은 게 또 있을까?

윤
주

×

내일 일어나면 오늘 끝내지 못한 곡들을
완성해봐야지

×

세
진

밤, 밤, 밤. 그러게, 나는 언제부터 밤을 좋아하게 됐을까……

중고등학생 때 밤에 라디오를 켜두고 킥킥대던 게 시작이었던 것 같아. 그리고 스무 살이 된 해부터는 아예 '밤'이라는 시간을 기다리게 됐어. 언니가 여행을 간다며 조그만 디지털카메라를 하나 샀거든. 집에 오래된 카메라가 많았는데 워낙 사진 찍히는 걸 싫어하다보니 찍는 것에도 별 관심이 없었어. 그런데 언니가 사 온 그 작은 카메라로 무언가를 찍는 건 너무 재밌더라고. 그래서 아침이고 밤이고 매일매일 사진을 찍었어. 그러다 어느 날 사람들이 없는 깜깜한 밤에 나가 플래시를 팡팡 터트리며 사진을 찍는데 심장이 쿵쾅쿵쾅 뛰더라. 너무 좋아서. 그렇게 밤에 여기저기 돌아다니며 사진을 찍고 음악도 들으면서 밤이라는 시간을 더 완벽하게 좋아하게 됐나봐.

왜, 같은 음악도 낮에 듣는 거랑 밤에 듣는 게 다르잖아. 그걸 경험하고 나서는 밤에 음악을 더 많이 들었고, 여러 감정이 얼기설기 얽힌 하루를 보내고 나면 꼭 일기를 썼어. 잊고 싶은 건 머릿속에서 지우고, 기억하고 싶은 것들만 일기장에 적어내려가다보면 하루가 잘 정리됐어. 소심하고 생각만 많았던 내가 그 시간에 접했던 음악, 영화, 책 덕분에 서툴지만 다양한 방법으로 마음을 표현할 수

내일 일어나면 오늘 끝내지 못한 곡들을 완성해봐야지

있게 된 것 같아서 이 시간에 빚을 진 것 같은 마음도 있어.

늦은 밤까지 깨어 있어도 엄마가 빨리 자라고 하지 않는 지금은 그때보다 더 긴긴밤을 보내고 있어. 이제는 조금 더 현실적인 고민들과 묵직한 생각들과 함께하지만 여전히 마음을 해소할 수 있는 이 시간이 있어서 참 좋아.

사실 요즘 밤만큼이나 내가 사랑하는 시간이 생겼어. 몸도 마음도 힐링하는 반신욕의 시간. 자다가 중간에 깰 정도로 다리가 저릴 때가 종종 있거든. 그럴 때 반신욕을 하고 자면 숙면할 수 있더라고. 그래서 잊지 않고 해보려고 노력중이야.

처음 반신욕을 했을 땐 너무 지루해서 깜짝 놀랐어. 처음 삼 분 정도는 기대만큼 좋았는데, 세상에, 십오 분 동안 아무것도 안 하고 가만히 있는 게 생각보다 너무 지루하고 힘든 거야. 좀이 쑤셔서 오히려 몸이 저릴 정도로 말이야. 어릴 적에 친구랑 떠들다가 선생님한테 혼나서 십 분 동안 벽 보고 서 있을 때 기분 있잖아. 벽만 보고 있으니 막 몸이 배배 꼬이고, 등뒤에서 작은 소리만 나도 무슨 일인지 너무 궁금해서 진짜 잘못했다고 다신 안 떠들겠다고 싹싹 빌고 뒤돌아보고 싶은 심정. 심지어 어제는 반신욕하기 전에 거실에 TV를 켜놓고 들어와서 드라마 대사가 들릴 때마다 몸이 들썩들썩하는 거 있지. 거의 벌칙 수준이었어. 자기 전에 누워서 SNS 보면서 낄낄거리다보면 한두 시간은 쉽게 지나 있던데, 뭔가를 보고 듣지 않으며 시간을 보내는 게 이제는 불가능한 일이 되어버린 건지 쉽지가 않네.

　예전에 혼자 강원도로 여행을 갔다가 건너편에 놓인 의자 다리를 보면서 '저건 의자 다리다, 저건 의자 다리다'를 수백 번 되뇌어본 적이 있어. 생각을 없애고 싶었거든. 한참 하다보니 잡생각이 사라지고 머릿속에 어느새 의자 다리만 남더라. 오래가지는 않았지만 노력하면 되긴 되더라고. 그래서 오랜만에 다시 집중하려고 해봤는데 그때만큼의 의지가 없었던 건지 실패했어.
　그렇게 몇 번 더 벽 보고 혼나는 느낌으로 반신욕을 하다가, 도저히 안 되겠다는 생각에 휴대폰은 어떤 연유로든 빠뜨릴 게 분명하니 책이 좋겠다 싶어 들고 들어가봤는데 훨씬 수월하더라. 아니, 수월한 정도가 아니라 너무 좋았어. 욕실에 퍼진 아로마 향과 그곳의 조도, 습도가 너무 적절해서 여기가 독서하기에 이렇게나 좋은 장소였다니, 하고 새삼 알게 됐잖아. 다시는 다른 곳에서 책을 읽지 못할 만큼…… 방금은 너무 오버였다.

　　　　　내일 일어나면 오늘 끝내지 못한 곡들을 완성해봐야지

이 공간이 신기한 게 말이야, 읽은 지 사나흘이 지난 책도 욕조에 앉아서 펴는 순간 마치 잠깐 물 한 잔 마시고 와서 다시 읽는 것처럼 바로 몰입이 돼. 요즘 나쓰메 소세키의 『마음』을 읽고 있는데, 워낙 재밌는 책이기도 하지만 분명 이 공간이라 더 그렇게 느껴지는 면도 클 거라 생각해. 덕분에 오늘도 좋은 독서 시간을 보냈지만 언젠가 책도 없고 복잡한 생각도 없이 오롯이 호흡과 따뜻한 물만 느끼며 가만히 힐링하는 날도 한번쯤 오면 좋겠어.

반신욕을 마치고 캄캄한 창밖을 보며 감상에 젖어 생각을 정리하는 중이었는데 컴퓨터가 저장공간이 없다고, 머리가 터져나가고 있다고, 제발 정리 좀 하라며 쉬지 않고 알림을 보낸다. 한번 정리해봐야겠다고 마음먹고 자리에 앉았는데, '정리'라는 단어에는 기억이나 추억 같은 단어들이 숨어 있는 건지, 컴퓨터는 비상사태인데 난 또 여유롭게 추억 여행을 시작하게 되네. 내 찌질함이 모두 담긴 일기와 가사, 그리고 옛 사진들……

차곡차곡 시간이 쌓여 어느새 삼십대 후반이야. 그리운 기억들과 지금 내가 있는 시간 사이의 거리가 점점 멀어지다보니 예전에 비해 추억 여행에서 빠져나오는 게 더 어려워진 것 같아. 그새 또 늘어난 거겠지, 그리움도 좋았던 기억도 후회도 미련도 아쉬움도.

    컴퓨터 정리를 하다가 정말 반가운 음악 파일을 찾았어. 처음으로 노래를 만들어 녹음했던 곡! 재생 버튼을 누르자마자 '전 보컬 전공이 아닌걸요'를 확실하게 전달하는, 벌벌 떠는 목소리가 나온다. 그 순간부터 오그라든 몸이 시간이 지나도 펴지지를 않네. 부끄러움에 바닥을 구르다가 노래를 꺼보려 했지만, 내심 끝까지 들어보고 싶은 마음에 웅크린 채 계속 들었어. 노래 제목은 〈보이지 않는 슬픔을 가진 바람〉. 이렇게 긴 제목이라니…… 그때의 나는 굉장히 힙한 감성을 갖고 있었던 거야……

    바람은 보이지 않아서 슬펐대. 그래서 훨훨 나는 예쁜 나비가 부럽고 미웠지. 하지만 바람은 아무것도 할 수 없는 자신이 나비보다 더 미웠던 거야. 그때 어디선가 이렇게 말하는 목소리가 들려. "바람아 바람아, 넌 보이지 않아 더 소중하단다. 가장 중요한 건 보이지 않는 거란다." 황당하게도 스물두 살의 김윤주한테 약간 위로받은 거 있지?

    언제부턴가 보이는 것에 참 많이 집착하며 살았던 것 같아. 보이지 않는 것들 중에 중요한 것들이 얼마나 많은데, 당장 눈앞에 보이지 않는다는 이유로 뒷전으로 미

내일 일어나면 오늘 끝내지 못한 곡들을 완성해봐야지

뤄두고 있었나봐. 눈에 보이지 않지만 소중한 것들에 갈
증을 느끼는 지금의 나에게 예전의 치기어린 노래가 위로
와 더불어 용기를 주네.

하루 스물네 시간 머릿속에 음악 생각만 가득했던
그때는 '내일 일어나면 오늘 끝내지 못한 곡들을 완성해
봐야지' '다음엔 저런 걸 만들어봐야지' 그런 생각들뿐이
었어. 당장 눈에 보이는 결과가 없어도 그땐 그게 너무 재
밌고 좋았나봐. '예술'이란 걸 한답시고 펜과 노트를 들고
다니며 떨어지는 낙엽 하나에도 이건 무슨 의미인가 고뇌
하고, 죽음이란 뭘까…… 노트에 적어도 보고.

어느 날은 생선을 먹다 잇몸에 박힌 가시를 뽑으며
'아, 이 생선은 죽어서도 자기를 보호하려 드는구나' 싶어
〈가시〉라는 곡도 만들었어. 지금 내 앞에 그때의 내가 있
으면 진심으로 파이팅을 외쳐주긴 하겠지만 넘치는 허세
때문에 뒤돌아서 배를 잡고 웃을 것 같기도 해. 그치만 그
때는 진짜 매사 심각했다고.

내가 지금 잘 걸어가고 있는지 혼란스러울 때는 과
거의 나를 돌아보는 것도 좋은 방법인 것 같아. 처음 시작
할 때의 순수한 열정이 남아 있든 변질됐든 사라졌든, 그
기준점에 다시 서보면 지금 내가 어디에서 어떤 모습으로

걸어가고 있는지 조금 더 분명하게 알 수 있거든. 왜 이 일을 하게 됐는지, 혹은 지금 무엇 때문에 권태감을 느끼는지 돌아보는 건 좋은 터닝 포인트가 될 수도 있단 생각이 들어. 나도 적절한 시기에 그 기준점에 다시 가본 것 같아 기분이 좋아.

오늘은 맥주 한잔하면서 나의 심각하게 귀여운, 아니 심각하면서도 귀여운 어린 시절의 음악을 조금 더 듣다 자야겠어. 1년 동안 할 추억 여행을 오늘 다 했으니 한동안은 안 할 수 있겠지?

박세진의 귀여운 어린 시절 음악은 어땠는지 궁금하다!

새벽 3시 반이 되어서야 컴퓨터 정리를 시작한
윤주가

내일 일어나면 오늘 끝내지 못한 곡들을 완성해봐야지

세
진

×

우리의 노년이 지독하지 않게

×

윤
주

이야! 어떻게 노래 제목이 이렇게 멋있을 수 있는 거지? 〈보이지 않는 슬픔을 가진 바람〉이라니…… 너무나 시적이야. 〈보리밭을 흔드는 바람〉이라는 영화도 생각난다. 그 영화의 OST여도 괜찮았을 텐데 아쉽네. 흐흐. 그래도 너의 심각하게 귀여운, 아니 심각하면서도 귀여운 음악 중에 내가 들어본 게 한두 개쯤 있네. 반갑다 반가워! 덕분에 나도 처음으로 '내 노래' 같은 노래가 뭐였는지 떠올려보게 된다. 박세진의 어린 시절 음악이라, 보자보자……

처음으로 나의 색깔이 들어갔던 노래는 아마 이거였을 거야. 유재하 음악경연대회에 출품했던 〈가누나〉. 기억할지 모르겠지만 내가 너랑 같이 대학에 다니면서 가사에 대한 이야기를 많이 했었어. 항상 가사 쓰는 게 너무 어렵다고, 매번 어떻게 써야 할지 모르겠다고 말이야. 넌 입학했을 때부터 너의 색을 뚜렷하게 지니고 있었지만, 그때 난 가사를 쓸 줄 몰랐어. 뭐랄까, '이 곡은 이러이러한 분위기의 곡이니까 이런 걸 묘사해보자'가 내 가사였던 것 같아. 곡 분위기에 따라 그냥 써내려간 것뿐, 의미 없는 문장들의 나열이었지. 대학교 졸업반이 될 때까지도 끊임없이 내 가사에 대해 고민했던 기억이 나. 그러다 우연히 어떤 영화를 보고 180도 달라졌는데, 조니 캐시의 전기 영화 〈앙코르〉를 보고 나서였어. 조니 캐시는 미국의 전설적인 싱어송라이터이자 미국 컨트리음악의 상징 같은 존재이지만, 사실 영화를 보기 전까지만 하더라도 그에 대해 잘 알지 못했거든. 그러다 우연히 본 그 영화 덕분에 뮤지션은 가사로 '메시지'를 전달해야 한다는 것을 알게 된 것 같아. 나의 작사 인생을 바꿔준 장면은 대략 이런 내용이었어.

조니 캐시가 제2차세계대전중에 적적할 때마다 기타를 치며 노래하는 것을 듣고, 함께 전장에 있던 친구가 그런 이야기를 해. 음악에 너의 이야기를 담아보는 건 어떻겠냐고. 그 장면을 본 나는 영화 속 조니 캐시만큼이나 놀라서 뻣뻣하게 굳었지. '난 이제까지 내 이야기를 음악에 녹여본 적이 없구나……'라는 생각이 들었거든. 그래서 큰 충격을 받고 만든 첫번째 노래가 바로 〈가누나〉였어. 운좋게도 유재하 음악경연대회 본선까지 진출한, 여러 사연이 담긴 노래가 되었지.

그때가 처음이었나봐, 내 가사가 마음에 들고 정말 내 이야기를 한 것 같은 느낌이 든 게. 그후로는 노래를 내 마음대로 쓰고 나면 체증이 내려가는 것처럼 엄청 후련하더라. 그래서 더더욱 내 이야기나 내 주변의 이야기들, 그리고 내가 느낀 것을 어떻게 하면 잘 표현할 수 있을지 고민하며 곡을 썼던 것 같아. 지금 이렇게 생각해보니 참으로 귀한 기억이다. 너 아니었으면 또 한참을 잊고 살았을 텐데 떠올리게 해줘서 고마워. 나도 나의 치기어린 시절의 음악들이 그리워지네. 그 노래들은 다 어디로 갔을까? 외장하드가 고장나서 남아 있는 건 많지 않을 것 같지만, 나도 추억 여행 좀 해봐야겠다. 컴퓨터 파일을 뒤지다가 갑자기 옛날 사진이나 연애편지 같은 게 나오면 좀 당황스러울 것 같기도 한데, 재밌을 것 같아.

요즘 들어 잠을 제대로 못 잔 날이 꽤 많았어. 별 이유 없이. 무슨 일이 일어났을 때 원인을 모르면 참 답답하잖아. 이 방법 저 방법 다 써봤는데도 큰 차도가 없길래 그냥 포기해버렸어. 심할 때는 신생아처럼 두 시간에 한 번 꼴로 깨서 수면의 질이 정말 말이 아니었지. 잠을 못 잔다는 건 정말 괴로운 일이더라. 그날 밤뿐만이 아니라 그다음날까지 사람을 좀비처럼 만들잖아. 얼굴은 퀭하니 하루종일 노역한 사람처럼 피곤해 보이고, 얼마 없던 생기마저 자취를 감추니 말이야. 아주 최악이 따로 없어. 가뜩이나 잠도 못 자서 괴로운데, 왜 하필 그럴 때 얼굴에 급격한 노화까지 찾아오는 건지……

노화는 누구에게나 공평하게 찾아오기에 받아들일

수밖에 없는 거지만, 외모고 체력이고 예전 같지 않은 내 모습에 세월만 야속했지 뭐야. 게다가 '처음'인 게 점점 줄어들면서 에너지와 열정도 같이 줄어드는 게 씁쓸하고 허탈해. 아침에 눈떠서 거울 보면 '으으으 어떡해. 모공 봐, 미쳐버려……' 하다가도 화장 조금 해놓고서 '그래! 나 아직 괜찮아! 나 자신아 힘내!' 하고 또 용기를 내는 모습이 정말 한 편의 시트콤이 따로 없다.

남은 인생 중 오늘이 가장 젊은 날이라고들 하잖아. 그 사실을 모르는 건 아닌데, 반짝였던 시절을 아니까 바 짓가랑이 붙잡고 안 놓아주는 불쌍한 옛 연인처럼 그 추 억을 붙들고 있는 거지. 나이가 든다는 건 정말 뭘까 싶어. 이런 생각을 하면 자연스레 이북 출신이셨던 우리 외할아 버지가 가끔 하셨던 말씀이 기억나. "늙으면 지루한 거라 우." 난 이 말이 그렇게 슬플 수가 없어. 지나고 보니 생각 보다 추억을 많이 쌓지 못했는데, 이미 노쇠했다는 뜻으 로 들렸거든. 할아버지는 평생을 성실하고 근면하게, 신 념과 자부심을 가지고 매일을 살아오셨지만, 그럼에도 아 쉽고 후회스러운 일들이 많으셨나봐. 참 대단하게 살아오 신 분인데도 그렇게 살아내기 위해 포기해온 부분이 많이 생각나셨던 거지. 할아버지가 하신 말씀을 한참 곱씹어보 니까 나중엔 이런 생각이 들더라. '할아버지께는 일 외에 즐거웠던 추억이 많이 없었던 거구나.' 젊을 때라서 할 수 있는 무모한 도전이나, 삶에서 소소한 즐거움을 찾는 일들 모두 사치라고 생각하셨던 분이 추억의 부재를 한탄하고 계시더라고. 말씀대로라면 즐거웠던 시절을 추억할 수 있어야 나이가 들어서도 지루하지 않다는 건데, 결국 내가 한 살이라도 젊을 때 재밌게 살아야 한다는 얘기가 되더라. 덕분에 난 어떤 방향으로든 잘살고 잘 늙기 위해선 부단히 노력해서라도 재밌는 일들을 찾아야 한다는 걸 알았어. 그래서 사람들이 죽기 전에 해야 할 일들을 적은 버킷리스트도 만들고, 끝없이 도전하며, 내일 지구가 멸망하더라도 한 그루의 사과나무를 심는 거겠지. 할아버지는 지금 천국에 계시지만, 내가 즐거운 추억을 하나라도 더 만들기를 원하실 것 같아. 늙으면 지루하단 이야기에 대한 나의 해석이 맞는지 한번 여쭤보고도 싶어. 역시 몸도 맘도 늙지 않으려면 즐거운 일을 많이 만들고 많이 웃는 게 제일인가봐.

문득 나의 버킷리스트 중에 나중에 즐거운 추억이 되겠다 싶은 일들이 생각났는데, 첫번째는 시칠리아로 여행 가서 올리브나무 열매 따먹어보기(원래 생올리브는 너무 써서 다들 안 먹는다지만 그래도 해보고 싶어), 그리고 나무의자 만들어보기(조립 말고), 칵테일 자격증 따기

(조주기능사던가 주조기능사던가), 영어 말하기 대회 나가보기(초등학생 때 해볼걸……), 선술집 일주일 운영해보기(주인장이 여행 갔을 때 대신 운영해보고 싶어) 정도가 생각난다. 왜 상상만 해도 이렇게 재밌는 걸까? 늘 재밌는 일을 벌이고 싶어하는 너에게도 꽤나 흥미로울 테니 한번 곰곰이 생각해봐! 앞으로 너도 나도 재밌는 추억 많이 만들면 좋겠어. 우리의 노년이 지루하지 않게!

시칠리아의 파란 하늘을 상상하며 세진이가

어떤 방향으로든 잘살고 잘 늙기 위해선

부단히 노력해서라도 재밌는

일들을 찾아야 한다는 걸 알았어.

윤
주

×

신나게 싫어하는 것들을 적긴 했지만
또 감사한 아침이야

×

세
진

즐거운 일을 만들기 위해 나는 일어나자마자 돈가스를 주문했어. 돈가스가 한 시간 뒤에 도착한다면 난 배달 앱을 켜는 그 순간부터 즐겁고 행복할 거야.

네 편지를 읽다가 얼마 전에 본 드라마 〈디어 마이 프렌즈〉가 떠올랐어. 사실 예전부터 보고 싶었는데 너무 슬플까봐 못 봤거든. 원래 멋진 어른들이 나오는 영화나 드라마를 좋아하지만 그런 드라마는 어느 정도 마음먹고 봐야 하더라. 짧고 담백한 대사 한 줄도 어른들의 입을 통해 나오는 순간, 그 힘이 대단해지잖아. 어두운 골목길을 걸어가다가 나를 알아차린 센서 등이 탁 켜지는 것처럼 문득문득 힘이 되어주기도 하고 등을 토닥여주는 따뜻한 손이 되어주기도 하지. 난 이 드라마에 나온 모든 인물이 다 좋았지만 박원숙 선생님이 연기하신 이영원이라는 등장인물이 특히 좋았어. 마음의 여유와 그 여유에서 우러나오는 유머를 가진, 그런 멋진 할머니가 되고 싶단 생각을 자주 했거든.

그 드라마를 보며 어른들의 삶이란 상처 위에 상처를 덧대고, 그 위에 또다시 상처를 덧대며 만들어진 아름다운 유화 같다고 생각했어. 미술관에 가면 왜인지 모르게 마음을 붙잡는 그림들이 있잖아. 한참을 서서 바라보

신나게 싫어하는 것들을 적긴 했지만 또 감사한 아침이야

다 위로받는 느낌에 갑자기 눈물이 나게 만드는 그림. 걸음이 많이 느려진 할머니 할아버지를 오래 바라보게 되는 것도 그런 이유가 아닐까 싶어. 주름 하나하나, 굽은 등, 굳은 손과 발 곳곳에 모두 이야기가 담겨 있을 테니까. 언젠가 우리도 우리의 삶을 그림으로 완성할 수 있겠지?

어떻게 하면 내 삶을 아름다운 그림으로 만들 수 있을지 고민하고 있는데, 돈가스가 문 앞에서 날 기다리고 있다고 초인종이 울리네. 미안, 잠깐만 먹고 다시 아름답게 시작할게.

(좋은 식사였다……)

내일부터 다시 열심히 살아보려고 할일들을 적어봤어. 적다보니 이걸 다 해내려면 새벽 3시에는 일어나야겠구나 싶어. 시간은 모두에게 공평하게 주어질 텐데 왜 내 하루는 유독 더 짧게 느껴지는 건지.

요즘 모든 것이 예전의 일상으로 돌아오고 있어. 끝없이 연기되고 취소될 것만 같았던 공연들도 다시 시작되는 걸 보면 말이야. 몇 년간 무한 연기와 취소를 반복해서 겪으면서 나도 모르게 무기력해졌었는지, 참 많이 '탓'하고 살았던 것 같아. 구실을 잡아 남 원망만 하고 있었던 거지. 깜빡이등을 켜지 않고 무작정 끼어드는 운전자를 보고 마치 세상에 일어나는 나쁜 일이 모두 너 때문이라는 듯이 묵은 분노를 표출하기도 하고 말이야(물론 창문을 닫고 혼자 조용히 얘기했지만). 그런데 사실 나에게 일어난 최악의 일들이…… 이 사람 때문은 아니잖아? 그저 깊은 곳에서 끓고 있던 분노에 트리거로 작용했을 뿐이지.

'탓'에 대한 생각을 하다보니 떠오르는 시 한 편이 있어.

바삭바삭 말라가는 마음을
남 탓하지 마라
스스로 물주기를 게을리해놓고

서먹해진 사이를
친구 탓하지 마라
나긋한 마음을 잃은 건 누구인가

일이 안 풀리는 걸
친척 탓하지 마라
이도 저도 서툴렀던 건 나인데

신나게 싫어하는 것들을 적긴 했지만 또 감사한 아침이야

초심 잃어가는 걸

생계 탓하지 마라

어차피 미약한 뜻에 지나지 않았다

틀어진 모든 것을

시대 탓하지 마라

그나마 빛나는 존엄을 포기할 텐가

자신의 감수성 정도는

스스로 지켜라

이 바보야*

식물들이 시들어가는 걸 보면, '내일은 꼭 물 줄게. 내가 지금 바빠서.'

예전이랑 다르게 아이디어도 없고 재미있는 일도 별로 없으면, '이게 다 나이가 들어서 그래.'

예전에 비해 바깥으로 많은 '탓'을 하며 지내고 있던 내가 이바라기 노리코의 이 시를 떠올린 건 우연이 아닐

---

* 이바라기 노리코, 「자기 감수성 정도는」, 『처음 가는 마을』, 정수윤 옮김, 봄날의책, 2019.

거란 생각이 드네.

돈가스로 충분히 행복해졌다고 생각했는데, 청개구리 같은 마음 때문인지 오늘은 내가 싫어하는 것들을 계속 얘기하고 싶어.

나는 '게으름'이 너무 싫어. 예전에는 내가 게으르지 않아서 게으름이 싫었는데, 지금은 내가 게을러서 싫어. 게을러서 살이 찌는 것도 싫고 할일을 미루고 미루다 밀린 일들 때문에 후회하며 스트레스 받는 것도 싫고 나 때문에 일에 차질이 생길까봐 불안한 것도 싫고 낮 1시에 하루를 시작하게 되는 것도 싫고 느지막이 일어나 자리만 옮겨서 다시 누워 있는 것도 싫고 SNS로 다른 사람들의 일상을 보면서 스트레스 받는 것도 싫어. 게으르면 여유라도 있을 것이지 빈틈없이 걱정이 들어차는 것도 싫고 지난주 계획과 이번주 계획이 똑같은 것도 싫고 점점 자기혐오가 자연스러워지는 것도 너무 싫어(와, 싫은 걸 이렇게 정성껏 적어본 건 또 처음이네. 쓰면서 살짝 리듬도 탄 것 같아. 나쁘지 않아). 게을러서 싫은 것들이 이렇게나 많은데 게으름이 고쳐지지가 않아. 이 답답함을 친구에게 말했더니 엄청 비싼 물건을 사래. 그럼 아마 어쩔 수 없이 열심히 일하게 될 거라고. 듣고 보니 그럴 수도 있겠

신나게 싫어하는 것들을 적긴 했지만 또 감사한 아침이야

다 싶은데, 한편으로는 '진짜 그렇게까지 해야지만 부지런해지겠냐!'라고 김래원처럼 소리치고 싶다.

그래서 얼마 전에는 집에 CCTV가 있는 상상을 해봤어. 자기 전, 녹화되어 있는 나의 하루를 보며 뭘 느끼게 될까 생각해보니 TV를 끄고 책상 앞에 앉게 되더라. 내가 생각해도 지금 이 상황은 너무 별로였던 거지.

게으름이 덜했던 때의 김윤주는 시간에 쫓기며 일하는 걸 싫어해서 평소에 미리 해두는 편이었어. 그래서 일을 시작하면 무조건 계획을 먼저 세우는 습관이 있었지. 정확히 지키지 못하더라도 내가 잘 가고 있는지, 놓치는 건 없는지 확인할 수 있어서 좋았거든. 해야 할 일을 순서대로 써놓고 급한 건 형광펜으로 칠하기도 하고 끝낸 일들은 펜으로 슥슥 지워나가는 재미도 있었어. 지금 메모장에는 나 자신을 다그치는 문장들과 자칫 메모장의 멱살을 잡을 법한 격한 단어들이 계획보다 더 많이 쓰여 있지만…… 그래서 요즘은 더욱 '도전'에 집중하게 되는 것 같아. 게으르게 살기 싫어서.

요즘 나에게 가장 큰 이슈는 도전이야. '도전'이라는 단어를 사전에서 찾아보면 '정면으로 맞서 싸움을 건다'

는 뜻으로 나오는데, 얼마 전까지만 해도 나는 정면으로 오는 모든 것을 피했던 것 같아. 멍멍이가 집에 들어오는 주인의 목소리를 듣고 신나게 꼬리를 흔들며 현관으로 뛰어오다가 "목욕하자!" 한마디에 급하게 유턴해서 방안으로 들어가는 모습 같달까.

"도전!"이라고 입 밖으로 소리 내는 순간부터는 지금까지와 다르게 더 제대로 해야 할 것 같잖아. 그렇게 진지하게 도전했는데 도전 뒤에 '성공'이 아니라 '실패'라는 단어가 붙을까봐 두려워 도전하지 않았던 것 같아. 괜한 타격을 감수하고 싶지 않아서.

하지만 성공하든 말든, 그냥 좋아하는 걸 우선 해보자 마음먹고 지난주부터 배드민턴과 클라리넷을 시작했어. 배드민턴을 시작하겠단 말을 꺼낸 순간부터 징그럽게 잔소리 많은 우리 드러머 조성준이 배드민턴 국가대표 선수들의 경기 영상을 보내며 제발 한 번만 보라고 애원하고 있어. 내가 선수들 영상을 보면 뭐, 대체 뭐가 달라진다고…… 얘는 왜 이러는 걸까? 조만간 "제발 그냥 너나 잘하면 안 될까"라며 부드럽게 욕을 건네는 순간이 오겠지만 어찌됐건 같이 땀을 내며 신나게 운동하니 재밌어. 비록 삼각근이 아파서 식당에서 오른손을 들고 주문할 순 없게 되었지만.

신나게 싫어하는 것들을 적긴 했지만 또 감사한 아침이야

그리고 클라리넷. 나는 전생에 관악기 장인이었을까 싶을 정도로 관악기에 대한 사랑이 좀 심한 편이야. 4년 전쯤, 플뤼겔호른*이라는 악기도 배웠는데 이게 코어 힘이 보통 필요한 게 아니더라고. 게다가 모든 악기가 다 똑같겠지만 연습도 정말 많이 해야 하거든. 그런데 한 십 분만 불어도 호흡을 너무 많이 써서 잠시 누워 있게 되는 거야. 그러다보니 체력을 먼저 키워보자 싶어 수영도 하게 됐는데 쉽지 않더라고. 그리고 솔직히, 불어서 소리가 좀 나야 신나서 연습을 할 텐데, 아니 이건 무슨 악기가 소리를 내는 게 로또 당첨되는 것만큼 어렵냐고! 그냥 내가 못하는 건데 말하다보니 화가 나네……

여하튼 나의 예쁜 플뤼겔호른은 작업실에 여전히 예쁘게 자리하고만 있어. 그렇게 열정이 좀 사그라들어 있었는데 얼마 전, 지금 나의 클라리넷 선생님 박기훈의 공연을 보게 된 거지! 소리를 듣는 순간 심장이 막 뛰는 거야. 저기서 클라리넷을 연주하는 사람이 나라면 얼마나 행복할까 상상하며 마음먹었지. 클라리넷 도전!

도레미파솔라시도도 불어보고 어? 나중에 잘하게

---

* 1800년대 초 독일에서 처음 제작된 소프라노 음역을 담당하는 금관악기. 트럼펫과 비슷하게 생겼지만 훨씬 부드럽고 서정적인 소리가 난다.

되면 어? 공연할 때 연주도 슬쩍 해보고 어? 언젠가……
어? 그런 날이 오겠지 세진아?

사흘 전에, 단 한 번도 해보지 않은 것을 시도할 기회
가 생겼어. 좋은 기회라는 생각이 들면서도 잘할 수 있을
지, 잘 못하면 어쩌지, 고민이 참 많이 되더라. 그래서 마
지막으로 엄마랑 얘기해보고 결정하자고 마음먹고 통화
했는데 엄마가 이렇게 얘기해주더라.
　살아보니 대부분의 사람들은 어떤 일이 나와 맞는지
또는 맞지 않는지 시도해볼 기회조차 많지 않은데 너에게
는 감사하게도 기회가 왔으니 기쁜 마음으로 한번 해보면
좋겠다고. 그리고 해보지 않았던 일이라 더 잘해내야 한
다는 부담감을 갖게 되는 순간 오히려 아무것도 할 수 없
으니 '더'와 '잘'은 빼고 우선 해보라고. 해보고 안 되면
'나랑 잘 맞지 않는 일이구나' 알면 된다고. 시도만으로도
충분히 의미가 있으니 응원하겠다고.
　해보겠다는 마음을 먹고 나니 결과와 상관없이 기분
이 좋더라. 한발 내디딘 것 같아서.

날씨가 참 좋은 주말이야. 오랜만에 산책 좀 하고 와
야겠다. 마지막은 이온음료 광고 카피처럼 끝내볼게.

　신나게 싫어하는 것들을 적긴 했지만 또 감사한 아침이야

세진아, 우리 작은 도전이라도 꾸준히 하며 살자. 우린 아직 젊잖아!

젊은 윤주가

해보겠다는 마음을 먹고 나니

결과와 상관없이 기분이 좋더라.

한발 내디딘 것 같아서.

세
진

×

할머니가 된 우리의 모습

×

윤
주

포카리스웨트에서 바로 '좋아요' 누를 만큼 멋진 카피구먼! 그래, "아직 우린 젊기에 괜찮은 미래가 있기에⋯⋯" 하는 노래도 함께 생각난다. 너의 기가 막히는 카피만큼이나 어머님이 해주신 말씀이 굉장히 인상적인데, 특히나 "더 잘해내야 한다는 부담감을 갖게 되는 순간 오히려 아무것도 할 수 없으니 '더'와 '잘'은 빼고 우선 해보라"는 말씀은 정말이지, 용기가 솟아나게 만드는구나. 요즘 네게 여러 가지 재밌는 일이 많이 생기는 것 같아서 나도 참 좋다. 그 새로운 도전 속에서 영감과 이야깃거리들이 마구마구 쏟아지기를 바라! 나도 뒤에서 늘 응원할게.

그나저나 게으름이라⋯⋯ 이건 또 내가 할말이 많다. 게으름으로 치자면 나도 둘째가라면 서러운 사람인데, 난 게으른 것도 문제지만 미루는 습관이 진짜 문제야. 미루는 습관 때문에 고통받은 지가 어언 30년은 족히 될 듯. 초등교육을 받기 시작할 때부터 미루는 습관이 생겨 5G 저리 가라 할 정도로 빠르게 고착되었는데, 아마 구몬을 하면서부터 미루다가 고통받고 그러면서도 또 미루는 악순환이 시작되었던 것 같아(구몬이 무슨 죄겠느냐마는). 아무튼 난 그 억센 고리를 끊지 못하고, 오늘도

할머니가 된 우리의 모습

하루종일 미루다가 이제야 엉덩이 붙이고 앉아서 편지를 쓰고 있어(지금은 밤 10시야). 보통 해야 하는 일을 미루고 미루다가 더이상 미룰 수 없는 시간이 도래하는데, 나는 꼭 그 마지노선까지 가야 집중이 잘되고 몸이 움직여진달까? 그래, 아마 핑계겠지. 비겁한 변명일 거야. 일찍부터 시작해도 집중은 될 텐데, 왜 항상 벼랑 끝에 몰리기 직전까지 가서야 하는 거냐고, 이 인간아······

자꾸 나를 채찍질하게 되네. 게으름과 변명의 하모니이자 씁쓸하고 헛헛한 볼멘소리는 여기까지만 하고 내가 나에게 바라는 점을 말해볼게. 그게 무엇인고 하니, 게으름과 미루는 습관을 가진 나로서는 이런 성질을 가진 사람이 정말 부러워. 바로 '끈기와 집념'.

자기 일에 꾸준히 매진하는 사람은 정말 매력적이야. 무엇이 됐든 불을 붙여서 금방 활활 타오르게 만드는 건 나도 할 수 있는데, 그 불같은 열정이 잘 유지되지 않는 게 내 단점이고 스스로에 대한 불만이거든. 불을 붙이는 건 쉽지만 그 불이 꺼지지 않도록 계속 부채질해주고 땔감을 넣어주면서 오랫동안 태워 멋진 걸 만들어내는 장인 근성을 가진 사람을 보면 부럽다못해 존경하게 돼. 심지어 남자를 볼 때도 자기 일에 집념을 가지고 매진하는 사람이면 어느 순간 이미 내가 그 사람을 좋아하고 있더라고……

　아무튼 나의 올해 키워드는 '집념'인데, 모든 것에 집념을 가지자는 게 아니라 올해는 한 가지만 제대로 하자는 마음이야. 내가 몇 번 얘기해서 알겠지만, 작년부터 노래 레슨을 받으면서 '실력을 쌓아서 노래를 좀 잘해보고 싶다'는 생각을 많이 했어. 문득 생각하니 나는 데뷔한 지 10년 넘은 가수인데 세상에, 노래를 너무 못하는 거야. 아니, 못하는 건 차치하더라도 무대에서 노래 불렀던 걸 생각해보면 편한 적이 거의 없었던 거 같아. 매번 긴장하고, 무서워하고, 무대에서 내려와선 늘 아쉬워했지. 내가 좋아서 시작한 건데 왜 이렇게 됐나 생각해보고 대체 뭐가 문제인지 체크도 해볼 겸 레슨을 시작했는데 지금까지는 정말 만족해. 내 실력이 늘어서가 아니라(아직 두 달밖에 안 돼서 늘지도 않았어), 내가 그동안 어떻게 노래를 대했는지 객관적으로 알게 되었다는 것만으로도 이미 굉장한 걸 배운 느낌이랄까? 그동안 난 내가 쓴 노래를 어떻게 부를지 생각해보지도 않고 그저 불러젖혔던 거 같아. 과장 조금 보태서 회식에서 부장님이 노래 불러젖히는 수준이었던 거지. '워워 세진아, 그 정도는 아니야'라고 네가 옆에서 말해줄 것 같긴 하지만, 솔직히 그동안 옥상달빛의 노래들한테 참 미안하더라고. 그리고 이런 생각

　　　　　　　　　　　할머니가 된 우리의 모습

을 왜 13년 차 가수가 되어서야 하게 된 건지, 나 자신이 정말 야속하고 미련하단 생각이 들더라.

지난 시간을 후회해본들 달라질 게 있겠냐마는, 그 아쉬움과 후회를 무겁게 들어 안고, 돌고 돌아 어렵게 찾은 이 소중한 교훈을 잊지 않으려 해. 그래서 올해는 집념을 가지고 꾸준히 매진해서 옥상달빛의 새로운 노래들도 이전의 노래들도 더 아름답고 진정성 있게 가꾸어나가보고 싶어. 아직 멀고도 먼 길이지만, 방망이 깎는 노인을 떠올리며 우리의 하모니가 아름답게 완성되게끔 나도 방망이 한번 깎아보려고.

예전에 우연히 봤던 두 할머니 사진이 생각나. 한 분은 너처럼 홀쭉하고 한 명은 나처럼 개구쟁이 같은 분이었는데, 옷도 비슷하게 입고 소풍을 가시는 건지 웃는 얼굴이 너무나 귀여웠어. 그 사진을 보는데 자연스레 우리가 어떻게 늙을지, 어떤 할머니가 될지에 대해 생각하게 되더라. 그때도 지금처럼 농담 따먹기 하며 수다를 떨겠지만, 순간순간 느끼는 진솔한 이야기들을 담아낼 수 있는 옥상달빛으로 나이들어간다면 더할 나위 없이 좋겠다. 이를테면 산울림 밴드처럼 말이야.

앞으로 우리가 어떻게 달라질지 무엇을 새로 도전할지 모르지만, 늘 옆에서 잘한다 잘한다 하며 응원해줄 수

있는 사이가 되기를 바라. 나도 친구이자 동료로서 네게
좋은 에너지를 줄 수 있도록 애쓸 테니 옆에서 응원해줘!

마실가는 귀여운 두 할머니를 상상하며,

세진이가

할머니가 된 우리의 모습 ————

윤
주

×

나는 네가 좋아하는 냉면을 좋아하게 됐어

×

세
진

홀쭉한 할머니와 개구쟁이 할머니라니, 귀여워서 혼자 너무 웃었네.

아까 TV에서 우연히 사랑과 평화 밴드의 라이브를 봤는데 정말 멋지더라. 왕성하게 활동하던 때의 모습과 비교하며 보여주는데 겉모습만 변했지 성량과 흥은 변함이 없는 거야. 우리도 그럴 수 있을지 문득 궁금하더라. 20년 후에도 여전히 의자에 앉아 실로폰을 두드리며 조곤조곤 노래하고 있을 것 같긴 한데, 다른 것보다 그때 우리가 만들게 될 곡들이 너무 기대된다. 어떤 이야기를 하고 있을지, 어떤 생각을 하고 있을지.

그런데 라이브 영상을 보며 한편으론 깊은 생각을 하게 되더라. 나의 고민들 때문이려나. 요즘 나는 어찌할 바를 몰라 하며 매일을 살고 있어. 어떤 말로 해야 조금 더 잘 표현할 수 있을까 생각해봤는데, 그냥 이 말이 내 상황과 가장 가까운 말인 것 같아. 일을 시작하기 전에 늘 주변을 깨끗하게 정리해야만 일에 집중하는 편인데 요즘은 더러워지는 게 눈에 보여도 아무것도 치우지 않고 정리도 하지 않아. 그러다보니 더 마음 정리가 안 되는 건가 싶기도 하지만 계속 이런 상태야. 청소를 하고 나면 '그래, 별것 아니었구나' 생각하며 툴툴 털고 일어날 수 있을지도

　나는 네가 좋아하는 냉면을 좋아하게 됐어

모르지만 이번에는 잘 안 되네. 어질러진 책상이 지금의 나 같아서 더 정리가 안 되나봐.

얼마 전, 김소다 오빠까지 셋이서 긴 이야기를 나눴지. 옥상달빛의 지난 시간과 앞으로의 시간에 대해. 아마 너도 나처럼 꽤 많은 생각을 하고 있을 거라 생각해. 편지를 주고받으며 서로에 대해, 그리고 우리의 음악에 대해 조금은 진지하게 이야기할 수 있어서 참 다행이란 생각도 들어.

마음이 복잡해질 때는 단순하게 생각하는 게 해결책을 찾는 가장 빠른 방법일 때도 있으니 두서없지만 그냥 한번 우리에 대해 적어볼게.

싱어송라이터의 꿈을 가진 나와, 작곡가의 꿈을 가진 너는 조금 늦은 스물네 살의 나이로 대학에 들어갔어. 대학을 졸업할 때쯤, 우연히 김소다 오빠를 만나서 올드피쉬의 앨범에 목소리로 참여하게 됐지. 그후, 우리의 음악으로 클럽 오디션을 보고 한 장씩 앨범을 발매하면서 천천히 여기까지 왔네. 15년의 시간이 단 몇 줄로 정리되는구나. 그사이에 참 많은 일이 있었는데 말이야.

3개월 정도 옥탑방에서 같이 살았을 때 기억나? 우리는 같은 실용음악학원에서 레슨을 하고 집에 돌아와

네가 만든 음식을 함께 먹으며 〈아내의 유혹〉을 봤어. 나는 설거지를 했고, 우리는 좁은 싱글 침대에서 불편함 하나 없이 잘도 잤지. 어느 날은 곡을 써놓고 네가 돌아오면 제일 먼저 들려주려고 기다렸다가 수줍게 〈옥상달빛〉이란 곡을 들려줬지. 뮤지컬 같다며 좋아하던 네 모습이 선명해. 옥탑방이라는 공간에 우리의 풋풋함이 더해져 나올 수 있었던 곡이었지.

천천히 떠올려보니 참 반짝거리는 기억들이 많다. 비가 많이 오던 날, 공연을 끝내고 처음으로 50만 원이라는 큰돈을 받고는 주최 측이 잘못 넣은 거 아니냐며, 다시 돈 받으러 오기 전에 빨리 도망가자고 아웃백으로 달려가 배 터지게 먹었던 기억(우리가 당당히 번 돈이 맞았지!). 홍대 어느 클럽에서 공연했던 날, 관객이 한 명도 없어서 앞 팀 바이올린 연주자가 객석에 앉아 있었던 기억. 돈 대신 뜨끈한 밤고구마를 받았던 기억. 하루 꼬박 쉬는 시간도 없이 열심히 뮤직비디오를 찍었는데 립싱크하는 내 표정이 아무래도 어색해 끝끝내 공개하지 못했던 기억. 버스킹을 해보자며 호기롭게 홍대 거리로 나갔지만 부끄러워서 사람 하나 없는 조용한 골목에 들어가 우린 버스킹과 어울리지 않는다고 급하게 결론 내렸던 기억.

그리고 우리가 처음으로 냉랭했던 적도 생각나. 〈유

나는 네가 좋아하는 냉면을 좋아하게 됐어

희열의 스케치북〉에서 처음으로 섭외 전화가 왔던 때였는데 기억해? 난 아직 준비가 안 된 것 같아서 조금만 더 고민해보자고 했고 넌 무조건 나가야 한다고 했지, 이런 기회가 언제 또 오겠냐며. 사실 나도 너무너무 나가고 싶었는데 공연 경험이 많지 않은 우리에게는 이르다는 생각을 했었어. 너무 잘하고 싶었거든. 깊은 고민에 빠져 있는데 네가 눈물이 그렁그렁해져 나를 흘겨보며 "난 나가고 싶단 말이야!!"라고 말하곤 뛰쳐나갔지. 맞아, 네가 유희열 선배님을 얼마나 좋아했는데…… 다시 한번 미안해.

그렇게 방송에 나갔던 그때를 떠올려봤는데 아무런 기억이 없다.

"이제 촬영 들어가면 되나요?"

"끝나셨는데요."

수면마취를 하고 깨어난 것 같은 기분이라고 해야 하나? 정말 엄청 떨었나봐.

너를 만난 순간부터 지금까지 쭉 시간이 쌓이면서 나는 네가 좋아하는 냉면을 좋아하게 됐어. 동물을 무서워했는데 이제는 조금 덜 무서워하게 됐고, 좋아하는 사람들과 맛있는 음식을 함께 먹으면 행복이 배가 된다는 것도 알게 됐어. 아마 알게 모르게 서로 정말 많은 영향을 주고받았을 거라고 생각해. 우리는 서로를 가장 자주 보는 사람이었으니까 말이야.

좋았던 추억들을 얘기하자면 훨씬 더 많이 쓸 수 있을 것 같은데, 그 좋았던 시간 속 틈틈이 힘들고 불편한 시간들도 있었어. 인터뷰를 하면 가장 많이 받는 질문이 "두 분은 싸우신 적 없어요?"잖아. 그 질문에 늘 대화로 푼다고 얘기하지. 그런 상황이 생길 때는 정말 커피 한잔 하며 진지한 대화를 했으니까. 그런데 시간이 지날수록 불편하고 예민한 이야기를 서로 피하고 있다는 생각이 들었어. 어느 누가 불편한 상황을 좋아하겠어. 하지만 서로 배려만 하다보니 정작 필요한 이야기는 최대한 미루고 불편함을 직면하려 하지 않는 상황도 점차 많아지는 것 같았거든. 매일 같이 라디오를 진행하고 있다보니 더더욱 진지한 이야기를 하는 게 쉽지 않았고.

너도 알다시피 나는 생각이 많잖아. 생각을 줄일 수만 있다면 뭐라도 할 수 있을 만큼 말이야(강원도 여행에서 '저건 의자 다리다, 저건 의자 다리다……'라고 되뇌었던 것처럼). 그런데 그 많은 생각 중에서도 가장 큰 부분을 차지한 건 항상 옥상달빛이었어.

좋아하는 일을 하게 되면 으레 그렇잖아. 처음 그 일

나는 네가 좋아하는 냉면을 좋아하게 됐어

을 시작하고 재미를 느끼면 그때부터는 밥 먹을 때도, 자려고 누웠을 때도 계속 생각나고, 아무리 일이 많아도 짬을 내서 한 번이라도 더 연습해보고 싶고, 더 잘하고 싶은 거. 옥상달빛으로 음악을 하는 게 그랬어. 사람들이 우리가 만든 노래를 들으러 오는 것도 신기한데 심지어 돈을 내고 시간을 내서 온다는 것, 그리고 우리의 노래를 듣고 위로가 됐다는 피드백을 받을 때면 너무 신기하고 신이 났지.

그래서인지 너도 나와 같을 거라 생각했어. 아니, 똑같아야 한다고 생각했던 것 같기도 해. 사실 비슷한 마음을 가졌더라도 일을 대하고 사랑하는 속도에는 개인차가 있는 건데, 너의 속도가 나의 속도와 맞지 않으면 섭섭하고 속상했어.

팀을 유지하는 게 얼마나 어려운지 우리 주변에서도 많이 보잖아. 우리와 비슷한 시기에 시작한 팀들 중 남아 있는 팀은 손에 꼽을 만큼 줄었지. 팀 활동은 연애와도 비슷하다고 생각해. 서로를 믿고 의지하며 시작했지만 시간이 지나며 '우리'보다는 '나'를 더 생각해버리게 되는 순간 힘들어지는 것 같아. 그러다보니 대화로 풀 수 있을 일들도 쌓이고 쌓여 결국 다시는 안 볼 사이가 되기도 하더라. 연애만큼이나, 어쩌면 연애보다 더 어려운 것 같아. 이

건 '일'이기도 하니까. 우리도 사라지지 않으려면 지금보다 더 많은 대화를 해야 한다는 생각이 들어. 웃고 떠드는 이야기야 여전히 많이 하지만 정작 중요하고 꼭 해야 하는 대화는 많이 줄었잖아. 불편하고 어려운 상황도 잘 직면해야 우리가 매일 노래하는 '어른'에 조금이라도 가까워질 수 있는 것 아닐까?

이십대 중반에 만난 우리가 삼십대의 끝을 여전히 함께 잘 걸어가고 있다는 게 우리에겐 너무나 큰 의미가 있잖아. 15년 전 첫 만남처럼, 여전히 별거 아닌 말 한마디에도 빵 터져서 같이 웃을 수 있는 친구가 있어서 얼마나 고마운지 몰라. 좋을 때도 힘들 때도 많았지만 앞으로의 시간들도 친구로서 동료로서 함께 잘 걸어가고 싶어.

제 앞가림도 잘 못하면서 잔소리만 많은 나를 이해하기 어려울 때도 많았을 텐데, 미안하고 고마워. 더 많이 대화하고 더 솔직해져보자. 앞으로도 잘 부탁한다. 알라뷰, 박세진.

제 앞가림도 잘 못하면서 잔소리만 많은 나를 이해하기 어려울 때도 많았을 텐데, 미안하고 고마워. 더 많이

너의 오랜 친구 윤주가

나는 네가 좋아하는 냉면을 좋아하게 됐어

세
진

×

우리 앞으로 서로를 외롭게 하지 말자

×

윤
주

네가 얘기해준 덕에 타임머신 타고 시간여행을 하듯 예전 기억들이 스멀스멀 떠올랐어. 우리의 첫 버스킹 실패며, 돈 잘못 받은 줄 알고 얼른 써버리자며 아웃백 갔던 날도, 그리고 세상에…… 눈을 흘기며 〈유희열의 스케치북〉에 나가고 싶다고 너에게 부담을 준 건 내가 봐도 진짜 별로다. 못됐네 진짜! 이건 정말 변명의 여지 없이 사과할게.

간단하게 적긴 했지만, 우리가 얼마나 많은 추억을 쌓았을까. 이렇게나 켜켜이 쌓인 기억 속에 우리가, 그리고 옥상달빛이 존재하는구나.

오늘은 꼭 답장을 써야겠다는 생각에 아침부터 나만의 힐링 장소 소월길에 나가 너의 편지를 제대로 읽었어. 시작한 지 얼마 안 된 거 같은데 어느새 시간이 지나 벌써 마지막 편지를 쓰네. 그사이 어떻게 써야 할까, 어느 정도까지 이야기를 해야 할까, 이런 고민이 있어서 쉽사리 편지를 시작할 수가 없었어. 네가 쓴 편지 말미에 더 솔직해져보자는 문장을 보고 어렵게 용기를 내 답장을 써.

어디서부터 얘기를 시작해야 할까…… 요즘 내 상태를 이야기해보자면, 단 일 초라도 삐끗하면 곧바로 눈물이 터져나올 것 같아. 그래서 라디오를 할 때도 공연을 할 때도 멘털이 깨질까봐 굉장히 조심하고 있어. 좀 걱정스러운데, 곧 괜찮아질 거라 생각해. 사람이 항상 좋을 때만 있는 건 아니니까.

　이제 와 생각해보면 난 항상 끝까지 가봐야 뭘 깨닫는 성격이었던 거 같아. 재수를 해서 원하는 학교에 가 음악을 해야겠다는 생각이 든 것도 3년간 아르바이트를 하며 시간을 보낸 뒤였어. 앞으로 뭘 해야 하나 생각하고 고민고민하던 끝에 실행에 옮긴 것이 아니라, '당장 뭘 해야 할지 모를 땐 지금 내가 해야 할 일을 하면서 차차 생각해보자'였던 거지. 그때 당시 내 미래도 미래지만 집에 용돈 달라고 말할 면목이 없어서 아르바이트를 시작했던 건데, 직종을 옮겨가며 1년, 2년, 3년을 보낸 뒤에야 스물세 살 박세진은 자기가 뭘 하고 싶은지 확신했어. 갓 스물이 된 해 6월부터 스물셋이 된 해 4월까지, 짧다면 짧고 길다면 긴 3년이 지나고서야 깨달은 거야. 말하자면 그 3년이라는 시간은 나에게 필연적인 결심을 하게 할 터닝 포인트였어. 느리지만 직관적인 나는 뭔갈 깨닫거나 결심이 서면 금방 시작해서 추진해. 결심하기까지 너무 오래 걸리는 게 문제지만 말이야.

　평소 생활이나 곡을 쓸 때도 비슷해서 뭔가 깨닫고 느끼면 금방 쓰지만, 언제부턴가 깨닫고 느끼기까지 굉장히 오래 걸려. 내가 곡 쓰기를 게을리해서 예전만큼 노래를 만들어낼 만한 무언가가 느껴지지 않는 게 가장 큰 이유일 거야. 네가 좋아하는 시, 이바라기 노리코의 「자기 감수성 정도는」의 내용처럼 감성에 물 주기를 게을리하면서 자연스레 내 감수성이 둔해졌나봐. 예전만큼 많은 것을 느끼지 못하고, 깨닫는 것 또한 별게 없지. 그걸 직면하지 못하는 내 모습도 마음에 안 들었지만 한편으론 모른 척하고도 싶었어. 많이 두려웠거든. 그때부터 삐끗하면 눈물이 터져나올 것 같은 상태가 되었던 것 같아. 자기 모습을 받아들이지 못하는 순간부터 사람은 불행해진달까.

　　곡 쓰는 데 너무 큰 의미를 뒀던 건지 내 맘에 드는 곡이 아니면, 또는 내 곡에 사람들이 반응하지 않으면 쓸모없다고 느꼈어. 만족할 만한 무언가를 만들어내지 못했다는 자괴감까지 나를 괴롭혔지. 나는 곡을 쓰면서 내 상처를 직면하고, 나의 진솔한 얘기로 무언가를 만들어내야 하는 사람인데 마음에 드는 곡을 쓴 지가 오래되다보니 나중엔 탈이 나더라. 나는 이때까지 뭘 한 건가 싶고 곡으로 이야기하지 못하면, 박세진은 뭘 하는 사람인가 하는 생각도 들고. 단순하게 말하자면, 일과 나를 동일시한 대가 같은 거야. 멘털이 약해졌을 땐 다른 사람의 평가 하나에도 휘청거리게 되어서 더 괴로웠어. 어리석다는 걸 너무나 잘 알지만 그 누구도, 나조차도 나를 구제해줄 수 없더라. 그래서 참 외로웠어. 외로운데 말을 할 수가 없었어. 말하는 게 무슨 소용이 있겠냐는 생각에 의욕도 생기지 않아서 무기력하게 지낸 시간이 좀 길어진 거 같아. 그래서 그간 뭣 좀 느껴보겠다고, 아니 어쩌면 상처를 직면하기 싫어서 잊어보려고 놀기도 해보고 생뚱맞은 것도 이것저것 많이 했던 것 같아. 나이를 먹어도 상처를 어른스럽게 승화시키는 건 역시나 쉽지 않은 일인가봐. 이렇게 중요한 이야기들을 꺼내려면 나부터 정리가 되어 있어야 하는데 정작 내 머릿속이 복잡해 늘 피하고 넘어가버리기 바빴지.

근데 정말 다행인 건, 괴로운 날들이라 생각했던 시간 속에서도 좋은 순간은 늘 있더라. 얼마 전에, 하림 오빠가 라디오 하면서 그런 얘길 했어. '노래는 부르는 순간 사라진다, 누군가의 기억 속에만 남을 뿐. 음악보다 중요한 건 내 곁에 실재하는 사람들이다.'

고민 속에서 허덕이는 동안에도 내가 옥상달빛이라 다행이라고 생각했던 이유는 너랑 함께 있는 시간이 정말 즐거워서야. 전에 공연을 하러 울산에 차를 타고 내려가면서 너랑 정말 시답잖은 이야기를 하면서 깔깔대며 웃는데, 갑자기 눈물이 날 것 같은 거야. 너무 즐겁고 좋아서. 그냥 너랑 함께 보내는 시간이, 얘기하고 웃는 순간들이 참 좋아. 그래서 더 미안하더라. 좋은 친구지만, 좋은 파트너가 되어주지는 못한 것, 피드백을 주거나 먼저 뭘 하자고 이야기하지 못했던 것들이 이제 와 생각해보니 너를 힘 빠지게 했겠구나 싶어. 늘 계획을 세워서 일해야 마음이 편한 너와, 결심이 서야 움직이는 내가 같이 팀을 꾸려나가는 건 어찌 보면 정말 어려운 일이었던 거 같아. 다행히 우리의 프로듀서 소다 오빠가 곁에 있어서 힘든 시기도 함께 견디고 방향도 잘 잡아갈 수 있었지. 처음 회사에 너, 나, 소다 오빠 셋만 있었을 때, 지금 같으면 정말 말도 안 될, 계란으로 바위 치기 같은 일들도 많이 했잖아. 너무나 즐거웠지만 한편으론 우여곡절이 많아서 힘든 날도 있었지. 그래도 생각해보면 다 즐거웠어. 나는 너와 소다 오빠가 없었다면 노래 부르며 인생을 살 생각은 전혀 못했을 것 같아. 그래서 우리의 인연에 감사하고, 우리가 만나 함께 곡을 쓰고 노래를 부르게 된 데에는 분명 필연적인 이유가 있을 거라고도 생각해.

예전에 송은이 선배님이 우리 라디오에 나오셔서 그런 말씀을 하셨잖아. "여러분은 힘들 때 옥상달빛의 음악을 들으면서 힘을 내지만, 옥상달빛은 힘들 때 누구한테 위로를 받을 수 있을까요." 그 말이 요즘 많이 생각나더라. 자잘한 고민과 힘듦이야 방송에서도 얘기할 수 있지

우리 앞으로 서로를 외롭게 하지 말자

만, 몹쓸 성격 때문인지 난 정말 큰 고민과 힘든 일들은 그 누구한테도 이야기해본 적이 없어. 하느님만 아시겠다. 다른 사람뿐만 아니라 나 자신에게도 위로받을 수 있다는 기대를 하지 않았으니까. 바로 옆에 너와 소다 오빠가 있는데도 말이야. 참 이기적이었지.

그동안 내가 괜찮지 않다는 핑계로 널 서운하고 속상하게 만들어서 정말 미안해. 누구보다 서로 의지해야 할 팀 동료인데 그간 홀로 애쓰게 했던 거, 외롭게 했던 거 모두. 우리 앞으로는 서로를 외롭게 하지 말자. 세상에 나가서 옥상달빛으로 노래를 부를 땐, 오직 우리 둘밖에 없으니까. 서로 기운을 북돋아주고 서로를 응원하는 존재가 되자. 비 온 뒤에 땅이 굳는다고, 더 단단하고 견고한 옥상달빛이 되길 바라, 아주 간절하게.

너와 함께여서 늘 즐거운 세진이가

우리 앞으로는 서로를 외롭게 하지 말자.

서로 기운을 북돋아주고

서로를 응원하는 존재가 되자.

에필로그

마지막 편지를 어떻게 써야 하나 고민도 되고 아쉽기도 한 마음에 한참 동안 편지를 쓰지 못했어. 어쩌다보니 우리 꽤 긴 시간 동안 이 편지를 붙들고 살았네. 생각보다 늦어지긴 했지만 결국 이렇게 마지막 편지를 쓰는 날이 오는구나!

삼십대의 마지막, 우리의 진지한 고민과 바람결에 날아갈 만큼 가벼운 대화가 한 권의 책으로 묶여 나온다니…… 15년 전 작업실 문 앞에 놓여 있던 옥상달빛의 첫 CD를 받아들었던 그 마음과 같지 않을까 싶어. 감격스럽고 설레고 뿌듯한 그런 마음.

깜깜한 밤, 차 안에서 노트북을 켜놓고 무슨 이야기

를 해야 하나 고민하던 순간도, 라디오 진행하러 방송국에 가기 전 늘 가던 카페에 앉아 진즉 책 좀 많이 읽어둘걸 후회하던 순간도, 책상 앞에서 멍하니 앉아 있던 순간도 떠오르네. 거실 책상에 앉으면 큰 창으로 한강이 보이거든. 이 책을 쓰며 아침과 낮의 모습, 밤과 새벽의 모습, 그리고 봄 여름 가을 겨울, 모든 계절의 한강을 지켜봤어. 언젠가 나를 제외한 모든 것은 쉬지 않고 변하는데 나만 이곳에 멈춰 있는 기분이 들더라. 그런데 우리의 편지를 처음부터 다시 읽다보니 계절이 변하듯 나도 조금씩 변하고 있었더라고. 소소한 모험을 하며 살 거라는 다짐이 새로운 일을 시작할 때마다 비눗방울처럼 떠올라 걱정과 두려움을 조금 날려버릴 수 있는 용기를 주기도 했고, 할머니가 된 우리를 떠올리며 지금 이 시간을 더 재밌게 하나하나 쌓아가고 싶다는 생각도 하게 됐지. 이 편지가 참 많은 걸 다짐하고 돌아보게 했나봐. 우리가 함께한 소소한 모험 중 또하나로 기억될 것 같아서 아주 좋다!

요즘에도 우린 라디오 생방을 마치면 지하 주차장에 내려와 적게는 삼십 분, 많게는 꼬박 두 시간까지 수다를 떨고 헤어지잖아. 심지어 "내일 다시 얘기하자"라는 인사를 하며.

기본적으로 둘 다 말이 많은데 대화의 주제가 늘 다르다는 게 참 신기해. 하루 만에 보는데도 무슨 새로운 일들이 이렇게 많은 건지. 아니면 별일 아닌데 우리가 이야기의 몸집을 키우는 데 소질이 있는 건지. 예전에 술에 취해 비틀비틀 걷다가 전봇대에 부딪힌 친구를 위해 함께 전봇대를 발로 차는 황당하게 웃긴 영상을 본 적이 있는데, 같이 욕해주고 같이 축하해주고 같이 슬퍼하고 서로 응원해준 일들이 모여 우리를 계속 할말이 많은 끈끈한 관계로 만들어줬는지도 모르겠어. 전봇대 앞에서 우리의 우정을 아로새기다……

박세진과 편지를 주고받으며 정말정말 즐거웠어. 속 깊은 이야기들을 하게 되고 서로를 더 이해하게 된 것 같아서 말이야. 한 20년 후에 또 한번 이런 기회가 있으면 너무 재밌을 것 같은데 어때? 그때, 다시 한번 콜?

윤주가

윤주의 말

세진의 말

아, 이 대장정이 드디어 끝나다니…… 처음에 우리가 책을 쓰는 게 정말 가능한 걸까 의문이 들기도 했는데 결국엔 이렇게 마무리가 지어지는구나. 정말 기쁘다! 에필로그를 쓰기 전엔 분명 아쉬움 가득한 글이 나올 거라 생각했는데 의외로 그런 기분이 들지 않아서 의아해. 새로운 도전이 끝났지만, 왜인지 몰라도 이제 시작인 것 같은 느낌이야.

우린 오랜만에 공연을 하러 가고 있어. 달리는 차 안에서 글을 쓰고 있는데 내 옆엔 네가 앉아 있고, 우리는 밴드 멤버들과 신나는 음악을 들으며 여전히 이 여정을 함께하고 있구나. 13년이란 시간 동안 옥상달빛이라는 하나의 큰 원 속에서 음악, 친구, 그리고 책까지 만들었잖아. 앞으로는 또 어떤 여정을 함께하게 될까? 원이 점점 커지면서 우리가 하게 될 일들은 또 어떤 게 있을지, 얼마나 많을지 궁금해진다. 어떤 사람들과 만나게 될지도. 끝이 아닌 시작이라는 느낌, 이것만으로도 이번 도전에 의미가 있는 것 같아.

　　문득 혼자라면 과연 이 많은 도전과 새로운 시작을 할 수 있었을까 생각해봤는데, 나름의 도전과 성취는 하며 살았겠지만 나 혼자라면 절대 하지 않았을 일들도 너와 함께였기 때문에 가능했다고 생각해. 요즘 느끼는 거지만 사람은 나이가 먹을수록 관성대로만 살면 안 되는 것 같아. 그래서 평소라면 하지 않을 일들도 점점 늘려가봐야겠다고 다짐했어. 모르긴 몰라도 너와 함께라면 더 자주 할 수 있지 않을까? 앞으로도 나 혼자라면 절대 하지 않을 일들을 너와 함께 해나가고 싶어. "오, 이거 재밌겠다. 해보자!"라고 서슴없이 얘기할 수 있는 여유와 서로에 대한 신뢰만 있다면 뭐든 할 수 있겠지! 도전을 뒷받침할 체력만 있으면 될 듯해. 또 무엇이 우리를 기다리고 있을지 궁금하다! 그때, 다시 한번 콜 !

세진이가

우리의 편지를 처음부터 다시 읽다보니

계절이 변하듯 나도 조금씩 변하고 있었더라고.

이 편지가 참 많은 걸 다짐하고 돌아보게 했나봐.

끝이 아닌 시작이라는 느낌, 이것만으로도

이번 도전에 의미가 있는 것 같아.

소소한 모험을 계속하자
ⓒ 김윤주 박세진 2022

초판 인쇄 2022년 7월 18일
초판 발행 2022년 7월 29일

지은이 김윤주 박세진(옥상달빛)

책임편집 이자영 | 편집 김수현
디자인 최윤미 이주영 | 손글씨 김윤주 박세진
마케팅 정민호 이숙재 박치우 한민아 이민경 박지영 안남영 김수현 정경주
브랜딩 함유지 함근아 김희숙 박민재 박진희 정승민
제작 강신은 김동욱 임현식 | 제작처 영신사

펴낸곳 (주)문학동네 | 펴낸이 김소영
출판등록 1993년 10월 22일 제2003-000045호
주소 10881 경기도 파주시 회동길 210
전자우편 editor@munhak.com
대표전화 031) 955-8888 | 팩스 031) 955-8855
문의전화 031) 955-2689(마케팅) 031) 955-3571(편집)
문학동네카페 http://cafe.naver.com/mhdn
인스타그램 @munhakdongne | 트위터 @munhakdongne
북클럽문학동네 http://bookclubmunhak.com

ISBN 978-89-546-4259-0 (04810)
      978-89-546-8096-7 (세트)

www.munhak.com